Junior

Un roman de
Leonore Fleischer
d'après un scénario de
Kevin Wade et Chris Conrad

Junior

Traduit de l'américain
par Ferdinand Colteen

Éditions J'ai lu

Titre original :

JUNIOR

1

ALEX

L'instinct qui pousse l'homme à se reproduire vient en troisième position, juste après l'instinct de conservation et la quête du Graal moderne, à savoir la meilleure marque de bons petits plats basses calories. Heureusement pour la survie de l'espèce humaine, ce besoin de procréer vient des tripes, pas du cerveau. En effet, au milieu des ébats qui porteront leur fruit neuf mois plus tard, quel couple songe au coût d'une boîte de couches (avec ou sans élastique), au salaire de la nourrice, aux honoraires de l'orthodontiste, au prix d'une paire de Nike, sans compter les leçons de judo, de piano, l'argent de poche, les frais de scolarité, la chaîne stéréo, la moto, la chambre en ville… Non. Lorsqu'un homme et une femme décident de faire un enfant, ils ont la vision à très court terme d'un adorable bébé tout rose qui fait des bulles et essaie de fourrer ses petits doigts de pieds dans une bouche en cœur. S'ils pouvaient faire un bond de quinze ans dans l'avenir et voir ce même bébé sous les traits d'un adolescent classique – c'est-à-dire boudeur, méprisant, égocentrique, cheveux gras et acné –, il y aurait peu, vraiment très peu de chances pour qu'ils persistent dans leur projet. L'espèce humaine serait très vite menacée d'extinction, plus encore que la baleine blanche ou le tigre du Bengale.

N'est-ce pas Médée, l'héroïne d'Euripide, qui déclarait : « J'aimerais mieux risquer ma vie trois fois sur le champ de bataille plutôt que de mettre au monde un seul enfant » ? Bon, d'accord, l'exemple est peut-être mal choisi : Médée n'est sans doute pas la championne de l'instinct maternel, quand on sait qu'elle a découpé ses rejetons en morceaux pour reconquérir son mari qui l'avait plaquée pour un tendron. N'empêche, deux mille cinq cents ans après la mort d'Euripide, la remarque de Médée n'a pas pris un cheveu blanc.

Toutes les femmes s'accordent pour le dire : les hommes ont la partie belle. Aller à la guerre (surtout à l'époque de Médée, où une bataille consistait à mettre face à face deux groupes de types casqués qui s'envoyaient des coups de lance et des injures sur le bouclier), ça n'a rien de comparable avec le miracle de la naissance, qui revient à essayer d'enfiler une corde à nœuds dans le chas d'une aiguille. Bref, ce que voulait dire Médée, c'est que les hommes, qui se plaignent du feu du rasoir et foncent aux urgences quand ils se cassent un ongle, n'ont aucune idée de ce à quoi ils ont échappé : les règles (une mensuelle partie de plaisir, comme chacune sait). Et puis le mal aux reins, les crampes, les seins douloureux ; les nausées, le gros bedon. Et, pour couronner le tout, les contractions et la salle de « travail ». (Terme inventé par les hommes, naturellement. *Salle de torture* conviendrait mieux.)

En fait, chez certaines tribus dites primitives, il existe une coutume charmante connue sous le nom de « couvade ». Quand une femme est sur le point d'accoucher, son homme, par un curieux phénomène non pas d'empathie mais plutôt de mimétisme, se met au lit en poussant des gémissements, puis des hurlements de douleur. Il transpire et halète comme si c'était lui le parturient. En réalité, tout ce qu'il veut, c'est tirer la couverture à lui et monopoliser toute la sympathie et les attentions. Il y réussit fort bien, d'ailleurs. Inutile de chercher le mot « couvade » dans le dictionnaire ; le terme le plus proche que l'on puisse trouver c'est « couard ». Édifiant, non ?

Mais foin de digressions. L'histoire qui nous intéresse ne se passe ni dans l'Antiquité ni au fin fond de l'Afrique. Non, nous sommes à San Francisco, de nos jours. Notre héros, le Dr Alexander Hesse, est un homme de son temps. La quarantaine, célibataire, plus de deux mètres de haut, tout en muscles. Pas un ne manque : pectoraux, abdos, deltoïdes, epsilons, biceps, tricycles, androïdes, j'en passe... Et pas une once de graisse, pas un pli sur lui. Vous essayez de lui pincer un petit bourrelet entre le pouce et l'index ? Pas la peine, y a pas de prise.. L'estomac plat comme une sole et dur comme le marbre d'un imprimeur. Des épaules au bout des orteils, tout chez lui est à grande échelle. Démesuré. Alex ne sourit pas, il grimace. Il ne bavarde pas avec vous, il vous informe. Il ne se balade pas comme vous et moi, il arpente ou il court... Bon, je vous vois venir. Démesuré mais demeuré, pensez-vous. Un orang-outang avec un petit pois dans le crâne. Classique. Eh bien, détrompez-vous. Ce qu'Alex a de plus gigantesque, ce ne sont ni ses mollets ni ses biceps. C'est son cerveau.

Le Dr Alexander Hesse est un brillant cher-cheur en génétique appliquée. Il travaille au Centre Lufkin, qui dépend du Centre de recher-che biotechnologique de l'université Leland, San Francisco. Actuellement, il planche sur un projet top secret, il est en train de mettre au point un médicament-miracle : l'Expectane. Et il avance à pas de géant, il sera bientôt très célèbre et très riche. Lui, cependant, attache à l'aboutissement de ses travaux et aux bienfaits qu'ils apporteront à l'humanité bien plus d'importance qu'à la fortune ou à la gloire. Esprit logique, le Dr Alexander Hesse est aussi un idéaliste. Pour l'heure, tout à son enthousiasme de chercheur, il est loin d'ima-giner l'aventure pour le moins bizarre qui l'attend. Car il s'apprête, sans le savoir, à mettre dans le plat son 45 fillette, et ça risque de tacher la nappe, croyez-moi.

Mais nous ne voudrions surtout pas déflorer cette histoire en dévoilant les surprises et les chocs qui guettent notre héros. Cependant, avant qu'il ne franchisse ce pas fatidique dans l'inconnu, avant qu'il ne s'engage dans cette extraordinaire aventure qui va changer le cours de l'Histoire et révolutionner la Science, sachez simplement que – pour employer le langage macho et politiquement incorrect qui était en usage à l'époque des premiers épisodes de *Star Trek* – Alex est, dans son domaine, l'équivalent du premier « homme » qui marcha sur la lune.

Alex tape sur quelques touches de son clavier et le graphique sur l'écran de son ordinateur commence à lentement dessiner, tout d'abord de profil puis de face, le corps d'un singe femelle gravide jusqu'aux sourcils. Autour de l'image principale apparaissent des fenêtres avec calibrages, calculs, schéma moléculaire de l'Expectane. Tous ces graphiques sont retransmis sur un écran géant, que contemplent en bâillant ses étudiants de troisième cycle.

– En fait, le système de reproduction de la femelle sujette aux avortements spontanés n'est qu'une extension du processus naturel de rejet des corps étrangers par l'organisme, explique Alex d'une voix dépourvue de toute émotion. C'est à partir de ce principe qu'est née l'idée de l'Expectane.

Comme un seul homme, les étudiants penchent la tête sur leurs classeurs et notent mot pour mot la parole du maître.

Brusquement, Alex se lève et se dirige vers une grande cage, dans un coin de la salle. À l'intérieur, deux chimpanzés adultes, Minnie et Moe. Minnie est dans un état de grossesse avancé, modèle vivant du profil que l'on voit sur l'écran. Quant à Moe, c'est l'heureux futur papa.

Alex glisse un doigt entre les barreaux de la cage et grattouille affectueusement le dessus du crâne velu de Minnie. Il préfère ces deux chimpanzés à la plupart des humains qu'il connaît.

– Minnie, que vous voyez ici, n'a jamais réussi à mener une grossesse à terme. Or, grâce à notre traitement, elle est maintenant enceinte de sept mois.

Alex tend à Minnie un petit flacon dont elle avale le contenu sans se faire prier.

– Nous lui administrons 22 cm^3 d'Expectane trois fois par jour.

Il se tourne vers ses disciples et son regard va directement se poser vers le fond du laboratoire :

– Bradford ! Si je vous ennuie, dites-le.

Ben pour tout vous avouer… pense Bradford, mais il juge plus sage de se taire. Le Dr Hesse n'est pas réputé pour son sens de l'humour.

Ce en quoi il ne ressemble pas au Dr Lawrence Arbogast, gynécologue et cofondateur du CLS (Centre de Lutte contre la Stérilité). Alex et Larry : le jour et la nuit. Alex sourit trois fois par an (et seulement les années bissextiles) ; Larry est un agité des zygomatiques (ce sont d'ailleurs les seuls muscles qu'il possède et qu'il fasse travailler). Alex n'a qu'à tendre le bras, Larry passe dessous sans se baisser, même sur la pointe des pieds et en haut-de-forme. Quand ils marchent côte à côte, on n'a pas l'impression qu'ils appartiennent à la même espèce animale. Alex est surmonté d'une tignasse brun-roux, Larry est aussi chevelu qu'un melon. Alex est introverti, solitaire, peu bavard, sérieux, et même intimidant. Larry est extraverti, affable, autoritaire, volubile, sociable. Comme nous l'avons dit, Alex place l'âme au-dessus de l'argent. Pour Larry, l'argent est d'or. Le dollar est le pivot autour duquel gravite gaiement l'univers de Larry.

Ce couple étrange est uni par une chose : l'Expectane, le fruit non pas de leurs ébats mais d'une association. L'Expectane est un médicament destiné à prévenir les fausses couches, à prescrire en cas de grossesse à risques. Alex a mis au point l'Expectane, et Larry a participé à cette naissance à raison de 300 000 dollars prélevés sur son magot personnel. Aucune philanthropie dans ce geste, mais plutôt l'espoir de revendre la formule à un laboratoire pharmaceutique et d'en tirer un paquet bien grassouillet.

Autant Alex Hesse est méthodique, déterminé et scientifique dans sa façon d'aborder les problèmes et la vie en général, autant Larry Arbogast est un acrobate, un funambule, un mec qui jongle avec dix balles tout en jouant des cymbales avec les genoux. Un homme-orchestre, quoi. Alex officie dans un laboratoire high-tech, angles droits et froids, nickel, verre et acier. Larry, lui, crèche dans une vieille demeure de San Francisco remarqua-blement restaurée et reconvertie. Quant au CLS :

style rétro, tentures velours et soie, plantes vertes et vasques de fleurs, toiles de maîtres sur les murs, personnel souriant et chaleureux. Tout semble dire : « Ici tout n'est que luxe, calme et futur bébé. »

Col ouvert, cravate dans la poche de son costume à 24 000 dollars, le Dr Lawrence Arbogast fait son entrée dans le CLS en déglutissant les dernières bouchées de son sandwich. Il salue l'assistance d'un geste auguste, tel un roi qui, du haut de son carrosse, lance des poignées de pièces d'or à ses sujets.

– Bonjour, Betty. Ravissante, cette nouvelle coiffure. Alors, Yvonne, c'était bien, les vacances ? Ah, Ned, salut, mon vieux !

Ce dernier salut est adressé à son associé, le Dr Edwin (« Ned ») Sneller, qui règle son pas sur celui de Larry et l'accompagne jusqu'à son bureau. Marche également aux côtés de Larry son assistante, Louise Frascati, une jeune beauté brune très typée.

– Pas trop nerveux, pour l'examen de passage ? demande Ned.

Larry s'essuie la bouche, balaie d'une pichenette deux miettes de pain de mie qui déparent le revers de son costume, extirpe sa cravate de sa poche, se la passe autour du cou et la noue, assez maladroitement, il faut bien le dire.

– La FDA ? T'inquiète, c'est tout bon.

– Quand tu auras un moment, faudrait qu'on se voie, pour discuter du plan de retraite, dit Ned avant de filer vers son propre bureau.

Louise prend le relais. Efficace, Louise. Tout en trottinant aux côtés de Larry, elle lui rappelle ses rendez-vous de la journée :

– Mme Parrish est en salle 1 pour l'échographie du sixième mois. M. et Mme Lanzarotta, c'est leur première consultation…

Ils pénètrent dans l'une des salles. Une femme – très enceinte, enceinte comme l'était Marie neuf mois après l'annonce faite à Elle par l'archange Gabriel –, une femme, donc, est allongée sur la table d'examen, les pieds dans les étriers. Son ventre, majestueuse montgolfière prête à l'envol, monstrueuse protubérance, non pas douce colline mais impressionnante montagne, son ventre, bref…

– Et voici Mme Logan, dernier contrôle avant le jour J, conclut Louise.

– Docteur, j'ai l'impression que je vais exploser ! se plaint Mme Logan.

Larry sourit, rassurant, et enfile une paire de gants en latex.

– Mais non, chère petite madame, ne vous inquiétez pas. On vient de refaire les peintures, ça me chagrinerait d'avoir à recommencer parce que vous les avez éclaboussées.

Seul dans son laboratoire (enfin seul, ces étudiants, quelle plaie !), Alex peut se concentrer sur

Minnie, sa star, son bébé, son cobaye adoré. La chimpanzée est allongée sur une paillasse (non, pas un matelas bourré de paille, mais une surface plane et blanche, l'équivalent dans un laboratoire de l'établi dans un atelier). Vue de loin, Minnie ressemble à s'y méprendre à Mme Logan. Gentiment, Alex lui masse le ventre, qu'elle a plutôt boursouflé. Moe, le fier géniteur, est assis sagement à ses pieds.

– Parfait. Absolument parfait. (Alex se fend d'un de ses rares sourires.) Encore un mois, mon bébé. Un tout petit mois.

– Docteur Hesse ? C'est l'heure.

Voix glaciale, autoritaire. Entre Noah Banes, grand, sombre, sévère. Noah Banes, administrateur du département scientifique de l'université. Ambitieux, calculateur, un silex à la place du cœur (et c'est plus qu'un cliché, là, c'est un euphémisme). Noah Banes, donc, qui guette son heure de gloire, laquelle ne saurait tarder. Car tôt ou tard (et bientôt, de préférence), l'un de ces professeurs Nimbus (au pluriel, est-ce qu'on dit Nimbi ?), l'un de ces illuminés du département Recherche, disais-je, va bien finir par nous concocter un truc digne du prix Nobel, et alors, bingo ! le département – et par la même occasion son administrateur, Noah Banes – aura sa part du gâteau et sa photo dans les journaux. Pour l'instant, l'université mise sur le Dr Alexander Hesse et son Expectane. Mais demain, qui sait ?

Banes, d'une main délicate et manucurée, redresse un nœud papillon pourtant parfaitement dans les rangs, et lisse le revers d'une veste en tweed griffée (la veste, pas le tweed). L'acteur est costumé, le clown maquillé et le moine habité : le show peut commencer.

Alex jette un œil à la pendule. Banes a raison : il est 14 h 30, la représentation est prévue pour 15 h 15. Crucial, ce rendez-vous. Vital, même. La FDA, la *Food and Drug Administration* ! L'État dans l'État. L'instance suprême, la Cour suprême, le cauchemar des chercheurs. Vous pensez avoir trouvé un truc qui va révolutionner l'avenir : la pilule anticancer, la protéine miracle qui va résoudre le problème de la faim dans le monde... Des années de travail, vous avez tué puis sauvé des millions de souris blanches, des milliers de singes. Vous touchez au but, vous avez seulement besoin de crédits. Et puis, il faut bien sauter le pas, comment savoir si ça marche chez les humains, si vous n'essayez pas ? Et c'est là qu'intervient la FDA. Il vous faut leur visa. « Food », c'est ce que vous mangez chaque jour, les colorants, tout ça. « Drug », non, ce n'est pas la drogue dure, c'est l'armoire à pharmacie. La bouffe et le cacheton, intéressante assimilation, réglementée par les mêmes fonctionnaires.

Donc, l'Expectane a été testé avec succès sur dames souris et chimpanzé en mal de maternité. Il s'agit maintenant de voir si ça marche aussi avec la femelle de l'*Homo sapiens*. Mais pour ça, pour poursuivre les expériences, il faut la bénédiction de la FDA.

Calmement, Alex dépose une liasse de notes, de diagrammes et de graphiques dans son attaché-case et referme le couvercle d'un geste sec, clic, clac. Alice, sa fidèle laborantine – sa souris blanche, son éminence grise –, lui tend sa veste, discrète et efficace (Alice, pas la veste).

– Bonne chance, lui dit-elle, car, aussi effacée soit-elle, elle ose parfois se risquer à lancer une remarque personnelle.

– La chance n'existe pas. Seule compte la compétence, lui répond Alex.

Car, de son côté, il se laisse parfois aller à des confidences inconsidérées. En outre il a, comme tous les scientifiques, un penchant pour les allitérations et les aphorismes.

– Bon, si vous avez besoin de… dit Alice.

– Oui, répond Alex.

Car ces deux-là font équipe depuis longtemps, paroles et musique, et se comprennent à demi-mot.

Au même instant, à l'autre bout de la ville, dans ses bureaux élégamment fréquentés, le Dr Arbogast reçoit une paire de nouveaux clients. (Au royaume du futur bébé, on ne dit pas « patient », on dit « client » : qui dit « patient » dit « patience », et c'est stressant.)

Larry, donc, a en face de lui un couple bien sympathique, la trentaine bien sonnée, et toujours pas de bébé. Il vient de les interviewer l'un et l'autre, a noté leurs antécédents, leurs petits bobos, etc. Coup d'œil générique sur ses notes, et :

– Bon, tout cela me paraît parfait. Mais dites-moi, monsieur et madame Lanzarotta, y a-t-il des précédents dans votre famille ? Je veux dire, des problèmes de stérilité ?

– Ben… mon frère tire à blanc, dit le mari, un peu gêné. Enfin, vous voyez ce que je veux dire. Il bande, et tout, mais…

Larry lève ses petites mains potelées, en un geste de protestation.

– Allons, allons ! Qu'est-ce que j'entends ? Mais ça n'existe pas, ce genre de problèmes ! C'est dans la tête que ça se passe. Et si la tête est bloquée… Vous connaissez notre devise ? (Silence, un peu théâtral.) Non, bien sûr. Eh bien, je vais vous la dire : « J'ai le fusil, j'ai les balles, le tout, c'est de viser juste. » Allez, répétez après moi.

– « J'ai le fusil, j'ai les balles, le tout, c'est de viser juste. » Oui, mais, docteur…

M. Lanzarotta a plutôt l'air à l'étroit dans ses petits souliers. Il regarde son épouse, elle le regarde, ils échangent un sourire. Et puis se mettent à rire. Un rire un peu forcé, quand même.

– Eh bien voilà ! les encourage Larry. Voilà qui est mieux ! Écoutez, on se revoit vendredi, d'accord ?

Hochement de tête à l'unisson, oui, d'accord. Déjà, le couple Lanzarotta est moins malheureux. Quasiment heureux, même, puisque gorgé d'espoir. C'est l'effet qu'il a sur les gens, Larry Arbogast. Il les raccompagne jusqu'à la porte, troque sa blouse blanche contre son veston, coup d'œil à sa montre. Merde ! Trois heures moins le quart. Le

19

cirque avec la **FDA** commence à 15 h 15, dernier carat. C'est le jour J, trac et tachycardie, angoisse et adrénaline… Ces connards de la FDA tiennent entre leurs mains le sort de l'Expectane et l'avenir de Larry Arbogast. De quoi flipper, non ? To be or not to be… Baby or not baby ? Pourra-t-on enfin tester ce foutu produit sur les humains, en direct live, avec de foutus fœtus (est-ce qu'au pluriel, on dit fœti ?).

En attendant, c'est pas l'horloge biologique qui tourne, c'est l'heure tout court. Et toi, mon p'tit Larry, t'as intérêt à courir comme un dératé si tu veux pas rater la remise des prix. Il court, il court, Larry, le long des corridors, la fidèle Louise sur ses talons, à bout de souffle, l'attaché-case à bout de bras.

– La voiture vous attend dehors, halète-t-elle, éperdue, hors d'haleine.

Et pour une fois, en effet, elle est perdue, elle a perdu le nord : où pourrait donc attendre la voiture, sinon dehors ? Dans l'ascenseur ?

– Et le Grand Couillon ? demande Larry.

Le Grand Couillon, vous l'aurez deviné, c'est l'associé de Larry, le très respectable et respecté Dr Alexander Hesse.

– Lui et M. Banes sont partis il y a dix minutes. Bon, eh bien, je croise les doigts. Bonne chan…

Larry s'engouffre dans la Chrysler, tête la première, allez chauffeur ! Ni « au revoir » ni « merci ».

– Merci quand même ! lance Alice.

Ah, les patrons, tous les mêmes !

Bientôt trois heures que ça dure. Alex est sur le point de perdre ce calme olympien qui a fait sa légende, ce flegme quasi britannique auquel il doit sa réputation. Bref, pour parler comme tout le monde, il se sent un tantinet nerveux. Quelques discrètes gouttes de sueur perlent à son front et ses petites lunettes rondes cerclées de fer ont tendance à s'embuer, tandis qu'il énonce son discours soigneusement préparé. Il ne le lit pas, non, pas vraiment. De temps à autre, il jette un coup d'œil à ses notes, bien sûr. Mais non, son problème, ce n'est pas ce qu'il a à dire, c'est la façon de le dire. En vérité, le Dr Alexander Hesse n'est pas à proprement parler un orateur-né. Dans ce domaine, il est même carrément nul.

Il leur parle de l'Expectane, son bébé, sa création, l'œuvre de sa vie. Il y croit de tout son cœur, à ce produit qui va permettre aux femmes d'enfanter et aux enfants de venir au monde en temps voulu. Un sujet en or ! Mais non. C'est sec, son discours. Scientifique, aride.

Alex Hesse sait pertinemment – Larry Arbogast aussi, d'ailleurs, même s'il refuse de l'admettre – que la plupart des dossiers soumis à la FDA sont refusés dès lors qu'il s'agit d'expérimentation sur des humains. Ce qui signifie la fin de la belle aventure. Expectane, exit. Les résultats théoriques peuvent être mirobolants, les cobayes peuvent se porter comme des charmes, peu importe : la toute-puissante FDA a des pudeurs de jeune fille quand on touche à l'Homme.

Et si le produit avait des effets secondaires ? Et s'il était moins efficace sur les humains que sur les primates ? Et que dire du prix de revient ? À quoi bon autoriser des recherches coûteuses si le produit n'est pas commercialement rentable ? Voilà quelques-unes des questions que la FDA se posera avant de donner son feu vert.

Pour statuer, les pontes de la FDA se réunissent dans l'un des grands hôtels de la ville. Neuf membres, neuf chevaliers assis à la table longue, avec micro, papier, crayon, verre d'eau et dossier complet sur l'Expectane. Ils ont sous le nez les résultats des travaux du Dr Alexander Hesse : statistiques, analyse des tests effectués sur les singes, plus un protocole sur les essais prévus sur des femmes, description détaillée de la façon dont les essais seront effectués. Nombre de femmes qui seront testées, critères de sélection, précautions sanitaires, psychologiques, planning à court et à long terme... Tout y est. La FDA est pointilleuse, mais pas autant qu'Alex : son dossier est complet, rigoureux, parfait.

– Au cours de mes expériences sur des chimpanzés femelles sujettes à des avortements spontanés, poursuit Alex, j'ai pu constater que les effets secondaires de l'Expectane étaient les mêmes que ceux que l'on observe en cas de grossesse non assistée : modifications du comportement et du métabolisme – nausées, perte ou augmentation de l'appétit, sautes d'humeur, irritabilité...

Pas bon, les effets secondaires, se dit Larry. Le Grand Couillon est trop honnête, donc négatif. Il pose le crayon avec lequel il était en train de jouer nerveusement, il se lève et prend la parole :

– En d'autres termes, le sujet réagit comme n'importe quelle nana qui a un polichinelle dans le buffet. Ce qui prouve bien l'efficacité du produit.

Clin d'œil complice, sourire à la ronde, laquelle se compose de huit hommes et d'une seule femme. Quelques hommes trouvent ça drôle et s'esclaffent, la femme leur lance un regard lourd de mépris, qui les calme immédiatement.

Après une grimace gênée (madame, messieurs, veuillez excuser mon associé, ses mots dépassent sa pensée), Alex termine son speech.

– Madame, messieurs, l'Expectane, ainsi que nous l'avons démontré, est un produit efficace et sans danger qui favorise la nidation chez les mammifères qui ont du mal à mener une grossesse à terme. En conséquence, nous avons l'honneur de solliciter de la part de ce comité l'autorisation de poursuivre nos expériences sur des sujets humains.

Des sujets humains ? Non mais je rêve ! se dit Larry. Et pourquoi pas des cobayes humains, pendant qu'il y est ? Décidément le roi de la gaffe, ce pauvre Alex. Aucun sens de la psychologie, de la stratégie, de la diplomatie. J'ai intérêt à intervenir, et vite !

– Vous devez nous laisser essayer l'Expectane sur des femmes, des femmes désespérées.

Sa voix a grimpé d'une octave et tremble d'émotion, tandis qu'il s'adresse directement à l'unique femme du jury.

– Nos sœurs… nos filles… poursuit-il.

Alex pousse un profond soupir, exaspéré : les envolées lyriques de Larry l'embarrassent. En fait, elles n'ont pas l'air de marcher non plus sur Mme FDA.

– Docteur Arbogast…

Mais Larry n'a pas l'intention de se laisser interrompre. Quand il est sur les rails, c'est le TGV, Larry. Impossible de l'arrêter.

– Les millions de femmes qui regardent avec tristesse les enfants des autres et se disent : « Je ne connaîtrai jamais ce bonheur. »

– Docteur Arbogast !

– Madame ? fait Larry avec des yeux d'épagneul que ses maîtres ont abandonné sur le bord de la route des vacances.

– Nous sommes en réunion de comité de la FDA, pas à un téléthon. Nous disposons de tous les éléments dont nous avons besoin pour statuer. Merci.

Larry hausse les épaules et se rassied, un peu piteux. Noah Banes se lève à son tour :

– En tant que directeur du Centre de recherche biotechnologique de l'université Leland, déclare-t-il d'un ton pompeux, et au nom de mes estimés collègues, je vous remercie de l'attention que vous voudrez bien accorder à notre requête.

Et voilà. Alea jacta est, les dés sont jetés, le sort de l'Expectane est désormais entre les mains du gouvernement fédéral. Sans tests sur des vraies bonnes femmes, aucun laboratoire pharmaceutique n'acceptera d'y miser un kopeck et il sera impossible de commercialiser le produit. Adieu veaux et vache à lait.

Dans l'ascenseur, Hesse et Arbogast se mettent à parler en même temps :

– Comme sur des roulettes ! exulte Larry.

– La présidente t'a pris pour un débile, se lamente Alex.

– Pas d'accord. Au contraire, elle a senti que je prenais le problème à cœur.

– Et puis, on était d'accord, poursuit Alex, sourcil froncé. C'était moi qui devais parler.

– Écoute, c'est mon fric qui est jeu, non ?

– Et celui de l'université, intervient Banes.

– Mais je ne suis pas inquiet, conclut Larry. Alors, où est le problème ?

– C'est peut-être ton argent, s'insurge Alex, mais c'est toute ma vie.

– Allons, allons, fait Banes, conciliant. Ne nous emportons pas. Quelle que soit la réponse de la FDA, l'université est avec vous. Les travaux continueront.

Dans sa Jeep, en rentrant chez lui, Alex ne respire pas la joie de vivre. A-t-il vraiment donné le meilleur de lui-même, dans son exposé ? A-t-il été crédible, suffisamment convaincant ? Il a travaillé si dur sur ce projet, il y a consacré sa vie, y a investi son avenir. Et dire que la FDA pourrait tout faire capoter ! Sans expérimentation humaine, l'Expectane n'a plus d'avenir. Et lui non plus. Sur quel nouveau projet travailler ? La génétique est une science relativement nouvelle, bien sûr. Tout reste à explorer. Mais trouver un projet aussi passionnant que l'Expectane ? Pas évident.

C'est un médicament parfait. Grâce à lui, toutes ces femmes qui veulent des enfants mais les perdent en cours de route deviendront enfin des mamans comblées. Larry Arbogast fait le clown, parfois, mais il y a du vrai dans ce qu'il a dit aux membres du comité. Il y a de par le monde des millions de femmes qui pensent qu'un enfant, le plus beau cadeau du monde, leur sera toujours refusé.

Alex n'a pas le moral. De retour dans son appartement, il passe la soirée à relire ses notes, tristounet. Tristounet encore, il enfile son pyjama. Tristounet toujours, il se brosse scrupuleusement les dents, puis va se préparer une tasse de chocolat chaud dans sa minuscule cuisine. Plus tristounet que jamais, il se glisse entre les draps, se cale contre les oreillers, prend sa télécommande et allume le poste installé au pied du lit. Et, tout en sirotant son chocolat, il regarde les prévisions météo. C'est son programme favori. Il pleut à Londres, à Paris le plafond est bas, ciel de traîne à Turin, à Moscou il neige... Il aime bien savoir le temps qu'il fait dans le monde entier, ça lui change les idées, il a l'impression de voyager. Et ça finit par l'endormir.

Le Dr Lawrence Arbogast, de son côté, a le moral au beau fixe. D'ailleurs, il donne rarement dans le tristounet. La vie est trop courte et trop pleine de promesses pour qu'on la boude. La vie est une jolie fille, si elle ne fait pas le premier pas, c'est à vous de la séduire. Un sourire, un verre, et hop, viens chez moi ma poule, tu verras ça te plaira. Larry est gynécologue, il a une bonne clientèle, une excellente réputation et un impressionnant pourcentage de réussites dans sa lutte contre la stérilité. Il est le parrain d'un nombre incalculable d'enfants qui sans lui n'auraient jamais vu le jour. (Et qui ne lui en voudront pas, parce qu'ils sont nés avec une cuillère en argent dans la bouche : Larry n'est pas donné, question honoraires, donc les parents ont les moyens.) Larry adore son métier, et plus encore l'argent que lui rapporte le CLS. Larry mène une vie agréable, ce qui n'est pas si difficile quand on inscrit autant de zéros que lui sur sa déclaration d'impôts. Oui, Larry a tout pour être heureux.

Tout, sauf une femme. Angela, sa charmante épouse, est récemment devenue son ex-femme, et l'heureuse récipiendaire d'une pension alimentaire obtenue, selon Larry, grâce à un avocat véreux et un juge ripou. Au début, Larry en a conçu quelque amertume. Chaque mois, en rédigeant son chèque à l'ordre d'Angela, il grinçait des molaires et son répertoire d'insultes s'enrichissait de façon inversement proportionnelle à l'amenuisement de son compte en banque. Et puis, finalement, il a trouvé la solution. Il a tout simplement augmenté le montant de ses honoraires et en a même profité pour réaliser de substantiels bénéfices. Alors il a cessé d'en vouloir à Angela. (Enfin, presque.) Dans la vie, quand on sait s'y prendre, on est gagnant à tous les coups…

Pour l'heure, le Dr Arbogast est avec les Lanzarotta dans le Masturbatorium. Larry est très fier du Masturbatorium. Au CLS, on ne l'appelle jamais comme ça devant les clients, bien sûr : on parle pudiquement de « salle privée ». Mais entre eux, les médecins et les infirmières l'appellent le « branlodrome ». La pièce en question est très hospitalière – entendez par là qu'elle n'évoque en rien un hôpital. On dirait plutôt un salon, avec canapé confortable, fauteuils au coin de la cheminée, piles de *Penthouse* et de *Play-boy,* téléviseur grand écran, magnétoscope et bandothèque (c'est le cas de le dire). Larry y aurait bien fait lui-même un petit séjour, mais pour l'instant c'est le couple Lanzarotta qui est là, et pas vraiment pour une partie de plaisir. Le pauvre M. Lanzarotta « tire à blanc », pour citer ses propres termes.

Larry tend un petit gobelet en plastique à Mme Lanzarotta.

– Vous verrez, on s'en fait une montagne mais ce n'est pas la mer à boire. Vous avez des magazines, des cassettes vidéo… Relaxez-vous, prenez votre temps, et donnez l'échantillon à Louise, mon assistante, quand vous aurez fini. Et je veux voir un sourire sur ces jolies lèvres. Rappelez-vous notre devise. Je veux l'entendre. Hein ? Qu'est-ce qu'on dit au Dr Arbogast ?

Docile, la petite Mme Lanzarotta récite :

– Euh… « Il a le fusil, il a les balles… »

Large sourire de Larry :

– Bravo ! Voilà ce que j'aime entendre. Allez, au travail, et dans la joie !

Il referme la porte derrière lui et se dirige vers les salles d'examen quand soudain surgit Louise, tout essoufflée.

– Docteur Arbogast ! Docteur Arbogast ! Votre ex-femme vous attend dans votre bureau. Elle dit qu'elle ne partira pas tant qu'elle ne vous aura pas vu.

Angela ? Mais qu'est-ce qu'elle fait là ? Qu'est-ce qu'elle veut ? Du fric, comme d'habitude. Elle s'est encore lancée dans une de ses entreprises à la noix, un de ses projets débiles, comme cette galerie d'art qui exposait des bidets décorés de têtes de cerfs et autres bêtes à cornes. Faillite au bout de six mois, évidemment. Et qui a payé les pots cassés, hein ? Devinez ! Cent mille dollars partis dans la vidange desdits bidets. Mais cette fois, non. Pas question.

– Bonjour, Angela. (Ton brusque, sec, cassant.) Qu'est-ce que tu fais là ?

Petite, mince, plutôt jolie, Angela ex-Arbogast porte vaillamment une jeune quarantaine. De grands yeux, qui pour l'instant semblent inquiets. Elle fait les cent pas dans le bureau, visiblement perturbée.

– Larry, j'ai quelque chose d'important à te dire. Tu ferais mieux de t'asseoir.

Ah. Bon. Attendons-nous au pire. Ça va être combien, cette fois ? Deux cent mille ?

– Angela, j'ai pas toute la journée, figure-toi. Alors accouche.

– Larry, je suis enceinte.

L'annonce faite à Larry ! C'est ce qui s'appelle tomber des nues. Il se laisse choir dans son fauteuil, le pauvre Larry : la foudre viendrait d'éclater à ses pieds qu'il n'en serait pas plus secoué. Il respire un bon coup.

– Oh ? Mais c'est... c'est merveilleux. Tu en es sûre ?

Les mains jointes telle la Vierge Marie, Angela murmure :

– Oui.

– Et de combien ?

Il est comme ça, Larry, il faut toujours qu'il parle chiffres.

– Sept semaines. Huit, peut-être.

Sept semaines... voyons... Larry se livre à un rapide calcul mental.

– Le mariage des Kellman, c'est ça ? C'est vrai, ils n'avaient pas lésiné sur le champagne.

Lèvres pincées, l'air gêné, Angela secoue la tête.

– Mais la seule fois où on l'a fait depuis...

Larry s'interrompt : il vient de comprendre, en un éclair, ce qu'implique l'éloquent silence de l'angélique Angela. Cet enfant n'est pas de lui. Et il a cette mémorable réplique :

– Oh.

Car notre Larry n'est pas homme à cultiver les états d'âme ni à faire dans le mélodrame. Il ne faudrait pourtant pas en déduire hâtivement qu'il est insensible, blindé, invulnérable. Derrière le facétieux, le clown, le joyeux luron, se cache un homme. Et là, la façade a tendance à se craqueler. Quel homme saute de joie en apprenant qu'il est cocu ? Mais très vite il se raisonne. Angela n'est plus sa femme, les talons de son chéquier sont là pour le prouver. Alors, qu'est-ce que ça peut faire, si elle s'envoie en l'air ?

– Ça n'a été qu'une brève aventure, dit Angela, sans oser le regarder dans les yeux.

– Les plus courtes sont les meilleures, commente Larry, toujours subtil. Et on peut savoir le nom du héros ?

– Ça n'a pas d'importance.

– Il est au courant ?

– Pas encore.

Pas tout à faire résigné, cependant, Larry tente une dernière fois sa chance :

– Tu es vraiment sûre que...

Angela lève vers lui de grands yeux mélancoliques et dit, très doucement :

– Larry, on a essayé pendant des années. Et tu crois que juste un soir, comme ça, par accident... ?

Et paf, Larry se la prend en pleine figure, l'ironie de la vie. Le Dr Lawrence Arbogast, cofondateur du Centre de Lutte contre la Stérilité, l'ultime espoir des couples sans espoir, tire à blanc, lui aussi. Finalement c'est vrai, cette histoire de cordonniers mal chaussés.

– Eh bien, justement, les accidents, ça n'arrive pas qu'aux autres...

Angela a un petit sourire à peine empreint d'amertume.

– Tu devrais être content que ce ne soit pas le tien. Je veux dire, si on a divorcé, toi et moi, ce n'est pas parce qu'on nageait dans le bonheur.

Le téléphone – ligne intérieure – s'est mis à sonner, mais Larry l'ignore.

– Ouais, tu as sans doute raison.

Il est déçu, mais il ne va sûrement pas le montrer.

– Alors, qu'est-ce que tu attends de moi, Angela ?

– Je voudrais que tu sois mon gynéco.

Il est capable d'encaisser bien des coups, mais celle-là, elle est plutôt raide. Angela enceinte. Angela dans son cabinet, en tant que patiente, cliente, enfin bref. Non. C'est trop lui en demander. Faut quand même pas pousser l'ex-mari dans les orties !

– C'est hors de question. Prends donc Fleming, il est très compétent.

– Le Dr Fleming est un hippie ! Larry, je veux le meilleur. Et le meilleur, c'est toi.

– Merci, Angela.

Malgré lui, Larry est flatté. Il adore s'entendre dire qu'il est le meilleur.

– Mais même si j'étais d'accord, ce ne serait pas possible. Nous avons des liens…

– Docteur Arbogast ?

C'est Louise. Lassée de téléphoner en vain, elle s'est décidée à venir frapper à la porte.

– Plus depuis le divorce, dit Angela. Je me suis renseignée, ça ne pose pas de problème. Larry, je t'en prie. Je t'en supplie, dis oui !

De toute évidence, elle ne plaisante pas. Elle n'a même pas l'air de se rendre compte de ce qu'elle lui demande. Le côté gênant, l'aspect vaudeville, ça ne l'effleure pas.

– Docteur Arbogast !

Cette fois, la voix de Louise ne plaisante pas non plus. Ça sent le cas de force majeure.

– Oui, une minute ! crie Larry, agacé. Non, Angela. Non, niet, point final, rideau. Je vais demander à Ned s'il peut te prendre. Le meilleur après moi, c'est lui.

– Ned Sneller ? Tu plaisantes, j'espère ? Il me drague, Larry. Il…

Mais Larry ne l'écoute plus, il est allé ouvrir la porte de son bureau.

– Quoi ? lance-t-il à la pauvre Louise. Qu'est-ce qu'il y a encore ?

– Vous avez Noah Banes sur la ligne 1. Il dit que c'est important.

– Il me draguait déjà quand on était mariés, insiste Angela, qui voit bien que son ex a la tête ailleurs mais qui n'a pas l'intention de capituler.

Larry décroche.

– Banes, je…

Long silence. De toute évidence, Banes a des choses à dire, et pas avec des fleurs. Le visage de Larry s'allonge, pâlit, blêmit. La tirade de Banes est longue et confuse, mais Larry en conclut que le Grand Couillon a fait des siennes. Ou est sur le point d'en faire.

– Bon, j'arrive.

Il raccroche rageusement et tricote de ses courtes pattes jusque vers la porte. En franchissant le seuil, il se retourne et lance à Angela :

– Ned Sneller. Des doigts de fée.

Et il agite en l'air ses dix petits doigts boudinés, mimant le cambrioleur qui vous ouvre un coffre en douceur, à main nue, sans pied-de-biche ni dynamite. Tout dans le doigté et le feeling, clic, clic, clic, clic… clac, bingo. Et puis, tout en marmonnant des épithètes pas très aimables à l'intention de son associé Alex Hesse, Larry se rue vers sa voiture.

2

DIANA

Dans son laboratoire, au rez-de-chaussée du Centre Lufkin, le Dr Alexander Hesse plie bagage, calme et méthodique comme toujours. La porte du laboratoire est fermée à clé. De l'autre côté de ladite porte, ça barde. Indifférent à cette stérile agitation, Alex continue d'empiler ses dossiers dans des cartons, tandis qu'Alice, sa fidèle assistante, range le matériel soigneusement enveloppé dans des caisses en bois.

C'est toute la vie d'Alex qui part en charpie avec ces cartons et ces caisses. Mais lui, imperturbable, poursuit sa tâche. Des hauts et des bas, il en a connu, Alex. Mais il a toujours abordé les problèmes de l'existence avec un stoïcisme exemplaire. Dans l'adversité, il se retranche derrière un mutisme que d'aucuns qualifieraient de hautain. Là réside toute la différence entre Alex et Larry. Pour cacher sa détresse, le Dr Hesse se drape dans sa dignité. Le Dr Arbogast, lui, se répand en futiles babils et plaisanteries douteuses.

Derrière la porte verrouillée, on s'agite de plus en plus. Ça vocifère dans le hall, ça tonne, ça tempête, ça devient très colère.

– Docteur Hesse? Ceci est inadmissible! crie Noah Banes. Je vous somme d'ouvrir cette porte!

Au son de cette voix lourde de menaces, Minnie et Moe, terrorisés, se recroquevillent dans un coin de leur cage.

Mais Alex demeure impassible. Coupé du monde, sourd aux sollicitations extérieures, il se concentre sur le travail en cours. En l'occurrence, ses cliques et ses claques. Dans le hall, on a mobilisé le service de sécurité et les appariteurs musclés. Tous sont groupés devant la porte close et tambourinent à coups de poing. Courageux, Noah Banes se dresse devant la porte close.

– Docteur Hesse, c'est moi, Banes. Soyez raisonnable, voyons. Ouvrez!

Pas de réponse. Alors Banes fait signe à deux appariteurs, qui commencent à donner des coups de marteau sur les gonds de la porte.

Le bruit des marteaux terrorise les deux chimpanzés qui se mettent à gémir. Alex s'approche d'eux et tente de les calmer:

– C'est vous qui allez me manquer le plus.

Puis, se tournant vers Alice:

– Je voudrais bien qu'ils s'en aillent.

Alice, les mains en porte-voix, se fait porte-parole:

– Il dit qu'il voudrait bien que vous vous en alliez.

On en est là des négociations quand Larry Arbogast arrive au Centre Lufkin, déboule dans le hall et met le cap sur l'attroupement.

– Banes ! Mais qu'est-ce que c'est que ce bordel ?

La haute silhouette se détache du groupe et se tourne vers le petit Larry :

– Ah, bonjour, Arbogast. J'ai une bonne et une mauvaise nouvelle. La mauvaise, c'est la FDA.

Larry ouvre la bouche, devient soudain très pâle.

– Ils ont dit non ?

– Oui. Et le comité a décidé de couper les crédits. Désolé. Les places sont chères, le budget serré…

– Je vous en prie, Banes ! dit Larry, des gouttes de sueur scintillant sur son front de financier et sur son crâne lisse. J'ai investi 300 000 dollars dans ce projet. Et vos belles promesses ? L'université est avec vous, the show must go on et tout et tout ?

Banes lui sourit, un sourire froid d'authentique faux derche.

– Si je pouvais, croyez-moi, je vous aiderais, mon cher ami. Mais j'ai les mains liées. Adressez-vous au conseil d'administration.

– Mais le président, c'est vous ! proteste Larry d'une voix de fausset, au bord des larmes.

Banes hausse les épaules sans se départir de son calme.

– En effet. Et quels sont les pouvoirs d'un président, à votre avis ? Nous sommes en démocratie.

Ping ! Pang ! Bong ! Un gond de la porte du laboratoire du Dr Alexander Hesse vient de sauter. Les appariteurs progressent.

– Et la bonne nouvelle ? demande Larry, écœuré.

Les petits yeux froids de Noah Banes s'éveillent, on y entrevoit même une lueur qui ressemble à de l'enthousiasme.

– Je récupère le Dr Diana Reddin et son projet de cryogénie ovulaire.

– Des œufs en gelée ? Tu parles ! ricane Larry.

– Allons, allons, ne soyez pas amer.

Et sur ces bonnes paroles, Banes se tourne vers les appariteurs :

– Eh bien, où en sommes-nous, avec cette porte ?

Au même moment, le Dr Diana Reddin, susmentionnée reine des ovules congelés, se trouve devant l'entrée de service du Centre Lufkin. Postée au pied d'un camion de déménagement, un bloc-notes à la main, elle supervise le déchargement de son matériel. En d'autres termes, elle joue les mouches du coche et a réussi à rendre dingues une paire de manutentionnaires pourtant chevronnés.

Laissez-moi vous présenter le Dr Diana Reddin, éminente scientifique. Anglaise, trente-cinq ans, elle s'exprime dans la langue de Shakespeare avec un accent d'Oxford mâtiné de Cambridge, accent qu'elle acquit dès qu'elle fut en âge de parler, mais qu'elle perfectionna par la suite à Cambridge, où elle fit une partie de ses études.

Grande, mince, longues jambes fines, crinière châtain clair avec des reflets blonds sous le soleil d'été, Diana possède un visage aux traits classiques et sérieux, presque sévères, que viennent adoucir d'immenses yeux bleus et un sourire éclatant.

Pour l'instant, le Dr Diana Reddin ne sourit pas. Elle s'agite, anxieuse, se fourre dans les pattes des déménageurs, les empêche de faire leur boulot et leur tape sur les nerfs. Le camion, un modèle spécialement conçu pour le transport de matériel de pointe (prix de location : cinq cents dollars de l'heure), est pratiquement déchargé, malgré les interventions de Diana. Il ne reste plus dans la remorque qu'un conteneur en acier, monté sur roulettes. Les déménageurs l'ont approché de la rampe et s'apprêtent à le descendre. La chose est emmaillotée-sanglée dans des couvertures et bardée d'étiquettes : DANGER – AZOTE LIQUIDE – TRÈS FRAGILE. Ce conteneur réfrigérant est la pierre angulaire du projet cryogénique du Dr Reddin, projet auquel elle a consacré toute sa vie.

Et justement, elle ne vit plus, depuis qu'elle l'a vu là, sur le bord de la rampe de déchargement.

– Attention ! Je vous supplie, faites attention ! C'est extrêmement fragile.

Sal, le plus costaud des deux déménageurs, émet un grognement :

– Ma p'tite dame, vous me redites ça encore une fois et je vous…

Maladroitement, Diana tente de se hisser à l'arrière du camion.

– Non, m'dame, vous pouvez pas monter là, lui dit Eddie, l'autre déménageur. C'est interdit.

Diana secoue la tête :

– Il faut que je règle les leviers d'équilibrage, il doit rester horizontal quand vous le descendrez sur la rampe.

Elle attrape une poignée pour se hisser, mais ce n'est pas n'importe quelle poignée, c'est celle qui commande les vérins hydrauliques de la rampe. Diana a pesé dessus de tout son poids, et la rampe commence à s'élever. Comme un seul homme, les déménageurs se précipitent, tandis que le conteneur avance d'un demi-mètre vers le bord du camion. Puis s'immobilise.

– Mince ! Désolée ! dit Diana avec un petit rire nerveux.

Elle est sur la plate-forme du camion, maintenant, et elle relève la poignée. La rampe, libérée, s'abat brusquement et vient heurter le trottoir. Le conteneur fait un bond en avant et commence à rouler le long de la pente.

– NON ! crient à l'unisson Diana et les deux déménageurs.

– Mes bébés ! hurle Diana, qui se précipite pour essayer de retenir l'engin.

Trop tard. La chose a pris de l'élan et roule vers le bas, inexorablement. Diana n'hésite pas une seconde et fait la première chose qui lui vient à l'esprit : un bond. Tête la première, elle s'élance et atterrit sur le conteneur.

Ce qui, bien sûr, ne fait qu'augmenter sa vitesse. L'engin et sa passagère quittent la rampe, traversent le trottoir et zoom, s'engouffrent par les portes ouvertes du Centre Lufkin. Sur le sol en marbre du hall, l'étrange équipage roule de plus en plus vite, en direction de Banes, de Larry, des appariteurs et de la porte close du laboratoire du Dr Alexander Hesse.

– Au secours ! crie Diana à pleins poumons. Au secours !

Alertés par ces cris, Larry et Banes se retournent, ébahis. Et voient se ruer vers eux cet incroyable machin, piloté par une folle. Ce n'est pas le moment de se poser des questions, ils ont tout juste le temps de s'écarter pour éviter l'impact. À l'instant même où Diana et son véhicule vont aller s'écraser sur la porte du labo d'Alex, les ouvriers viennent à bout de la dernière goupille et dégondent la porte. La machine infernale, ne rencontrant aucun obstacle, poursuit sa trajectoire.

La voyant foncer sur lui à pleine vitesse, Alex Hesse a le bon réflexe : il laisse tomber le carton qu'il avait dans les mains, se jette en travers de la trajectoire de l'engin spatial et, avec une force digne d'un extraterrestre, lui fait une barrière de son corps. Projetée en avant, Diana atterrit dans les bras d'Alex. Et l'entraîne dans sa chute.

Ils se retrouvent par terre et restent un moment étourdis, nez à nez. Diana voit un visage sérieux, pas vraiment beau au sens classique du terme mais intéressant, intelligent, très viril. Alex voit un visage sérieux, une belle structure osseuse, de grands yeux bleus et un front haut, intelligent.

– J'ai envie de vous embrasser ! dit Diana à son héros.

– Ce ne sera pas nécess…

Trop tard. Diana lui plante un baiser sur la bouche, un long patin fougueux qui lui écrase le nez. Enfin elle le libère pour prendre une goulée d'air. Sur le visage d'Alex, une expression perplexe, plutôt embarrassée. Non pas que l'expérience lui ait déplu, loin de là… Mais l'impulsivité de cette étrange jeune femme l'a pris au dépourvu.

Devant la gêne d'Alex, Diana se méprend. Bon, il n'a pas aimé, sans doute.

– Désolée, dit-elle en rougissant. J'ai un peu perdu l'habitude.

Alex est rouge, lui aussi.

– Excusez-moi, il faut que je finisse mes cartons.

Mais aucun des deux ne bouge. Ils sont toujours par terre, Diana étalée sur Alex.

Entre-temps, Noah Banes et Larry Arbogast les ont rejoints. Banes se penche vers la jeune femme.

– Ça va, vous ne vous êtes pas fait mal ? s'enquiert-il, toute sollicitude.

Elle se relève en hâte, non sans écraser la main d'Alex, ce faisant. Alex pousse un petit grognement de douleur, qui passe totalement inaperçu au milieu de l'agitation qui règne autour de Diana.

– Oui, euh, non. Moi je n'ai rien, mais…

Diana se précipite vers sa soucoupe volante, arrache les couvertures de protection et appuie sur une manette. Le vide s'évacue, et le couvercle du conteneur s'ouvre avec un chuintement hydraulique. Un nuage de vapeur – c'est ce que fait l'azote liquide soumis à l'air libre – s'élève et, comme par miracle, un casier métallique surgit, révélant des rangées de tubes à essai suspendus, scellés et étiquetés.

Alex se relève lentement, se frotte la main et s'en va terminer sagement ses travaux d'emballage. Personne ne fait attention à lui. Banes et Larry regardent par-dessus l'épaule de Diana tandis qu'elle vérifie l'état de ses tubes à essai.

– Dieu merci, ils n'ont pas souffert !

– Des œufs en gelée, hé ? commente Larry.

Diana a le sourire épanoui et fier d'une mère à qui l'on dit que son bébé est le plus beau du monde.

– Oui. J'appelle cet appareil la Pouponnière. Et sans la bravoure de ce monsieur… (Elle cherche Alex Hesse des yeux, mais il a disparu.) Oh ! il est parti, conclut-elle, déçue.

Tous regardent autour d'eux, perplexes.

– Hesse ? fait Larry.

– Le Dr Hesse a quitté le bâtiment, dit Alice d'un ton aigre.

Soudain, Diana comprend.

– C'est son labo, n'est-ce pas ?

– *C'était*, précise Larry, un rien de sarcasme dans la voix, avant de tourner les talons.

– Les locaux vous plaisent ? demande Banes, aux petits soins.

– Eh bien, oui, bien sûr, mais je ne voudrais pas chasser qui que ce…

– Vous ne chassez personne. (Puis, se tournant vers les gardiens :) Ramenez les singes dans le labo d'expérimentation animale. On n'en a plus besoin ici.

Il reporte son attention flatteuse sur sa nouvelle star, l'illustre chercheur britannique, celle par qui arrivera peut-être non pas le scandale mais le prix Nobel, celle qui apportera la gloire à l'université – et à Noah Banes, par ricochet.

– Je songeais à faire repeindre ce laboratoire, dit-il. Que diriez-vous d'un bleu clair ? La couleur de vos yeux…

Quand Larry Arbogast gare sa Chrysler devant l'immeuble d'Alex Hesse, un taxi est déjà là, compteur au ralenti. Larry se précipite, se rue dans l'ascenseur, tambourine à la porte d'Alex. Elle n'était pas fermée à clé et s'ouvre brutalement sous les coups de poing persuasifs de Larry.

Dans le couloir il y a une valise. Au moment où Larry entre dans l'appartement, Alex sort de la chambre, deux autres valises au bout de ses longs bras.

– Hesse ? Qu'est-ce que tu fais ?

Alex ne montre pas le moindre signe d'émotion.

– Je m'installe à Paris. Un nouveau départ. Au revoir.

Larry sent une main glaciale qui lui empoigne le cœur.

– Tu me laisses tomber ? Mais c'est pas vrai ! (De l'indignation première, il passe au ton suppliant :) Écoute, Hesse, on est associés, dans cette histoire. T'as pas le droit de me faire ça. T'as pas le droit de te barrer comme ça.

Alex cale ses deux valises sous un bras, tend la main pour prendre la troisième, mais Larry le devance avec une étonnante agilité et pose dessus un derrière aussi replet que déterminé.

– Tu récupéreras ton argent, de ce côté-là je te fais confiance, dit Alex. Moi je n'ai plus de labo, plus de subventions, plus d'avenir, ici. Allez, ôte-toi de ma valise.

Rapide combat, là, dont l'issue ne fait aucun doute : le truc de David et Goliath, on ne voit pas ça tous les jours, dans la vie courante. D'ailleurs, en l'occurrence, ce serait plutôt du genre motte de beurre contre bloc de granit. Bref, trois secondes plus tard, Alex quitte l'appartement en compagnie de ses trois valises.

Mais il y a tout de même du vrai, dans les mythes et les légendes... Tel un fox-terrier, Larry s'accroche aux basques d'Alex. Vous avez déjà essayé de charger vos bagages dans le coffre d'un taxi avec un fox-terrier dans les pattes ?

– Écoute, écoute-moi un peu, tu veux bien ? T'as pensé à tous ceux que tu laisses derrière toi ? (Larry hésite, aucun nom ne lui vient en tête, justement. Et puis, soudaine inspiration :) Ta petite amie ! Comment elle s'appelle, déjà ?

– Sasha ?

– Sasha, c'est ça ! Tu tiens vraiment à lui briser le cœur ?

– Elle est partie à Santa Fe avec mon meilleur ami, il y a trois mois.

Ça c'est un coup bas, mais Larry ne se laisse pas démonter pour autant :

– Ah ? Bon débarras. Mais tes collègues ? Tu y as pensé, à tes collègues ? Pour eux t'es un modèle – que dis-je, un héros, un véritable phare qui leur montre la voie. Sans toi ils seront perdus, corps et biens.

Pour la première fois, on perçoit une pointe d'amertume dans la voix d'Alex :

– En effet. Il va falloir qu'ils trouvent quelqu'un d'autre à caricaturer, pendant la pause-café.

Les valises sont maintenant dans le coffre, et Alex vient de grimper dans le taxi.

– Allons ! Ils ne… Ils n'ont jamais…

Larry en bégaie. C'est vrai, le pauvre Alex était la risée du département. Il y a même eu des concours, pour savoir qui l'imitait le mieux. Mais ce n'était pas méchant, se dit Larry. Jamais on n'aurait pensé qu'il était au courant.

– Je sais qu'on ne m'aime pas, dit Alex.

Nulle rancœur, pas la moindre émotion : un constat, tout simplement.

– Mais moi je t'aime beaucoup, proteste Larry.

– Te fatigue pas, mon vieux. Adieu.

Le taxi démarre. Larry saute dans sa voiture et lui colle au train, direction l'aéroport.

Feu rouge, carrefour embouteillé, le taxi est bloqué. La Chrysler remonte jusqu'à lui et s'arrête à sa hauteur. Larry fait des gestes de sourd-muet pour dire à Alex de baisser sa vitre. Lequel obtempère, par lassitude plus que par curiosité.

– Les singes, Minnie et Moe ! dit Larry, mû par une soudaine inspiration. (Nous avons bien dit « mû », et non pas « ému ».)

– Les chimpanzés ? Oui, et alors ?

Maintenant que Larry a réussi à capter l'attention d'Alex, plus rien ne saurait l'arrêter, il va sortir son violon et jouer sur la corde sensible, tout son répertoire va y passer.

– Mais ils t'aiment ! Ils t'adorent. Et t'en connais beaucoup, toi, qui ont la chance d'avoir des amis aussi sincères ? Ces bêtes-là, elles donneraient leur chemise pour toi. Et sans rien demander en échange, à part un peu d'amour et quelques bananes…

– Arrête ton cirque, s'il te plaît.

Alex a dit cela d'un ton fatigué, mais Larry est lancé :

– Ce brave Moe ! Tu te rappelles, quand tu as essayé l'Expectane sur lui ? Il était enceint, il avait mal au cœur, il se sentait mal fichu, et tout, mais il continuait de te regarder avec ses grands yeux bruns si confiants. Il…

Larry s'interrompt : il vient d'avoir un flash, une illumination. Une idée si audacieuse, si inattendue, qu'il en a le souffle coupé. Le genre d'idée géniale qu'on n'a qu'une seule fois dans sa vie, et encore, ce n'est pas donné à tout le monde.

Comme Newton avec sa pomme, Archimède et sa baignoire, voyez ? Une idée qui va révolutionner le monde. Et qui peut rapporter gros. Larry regarde Alex fixement, bouche ouverte, muet comme une carpette.

C'est tellement inhabituel, chez Larry, qu'Alex en demeure tout perplexe, vaguement inquiet. Qu'est-ce qu'il a ? Qu'est-ce qu'il a derrière la tête ? Alex n'aime pas trop ce regard, comment dire… ce regard spéculatif. Mais il n'a pas le temps de s'interroger davantage : le feu passe au vert et le taxi redémarre. Alex ne peut s'empêcher de se retourner pour jeter un coup d'œil par la lunette arrière.

Larry est toujours assis au volant de sa Chrysler, au beau milieu de la rue. Il n'a même pas vu que le feu était vert.

En fait, Larry est ailleurs. Il pense à son idée de génie. Derrière lui, un concert de klaxons et d'insultes éclate, qu'est-ce qu'il fout celui-là, il voit pas qu'il bloque la circulation ? Alerté par la cacophonie, Larry redescend sur terre… et démarre plein pot, pied au plancher, à la poursuite du taxi d'Alex. Il a besoin du Grand Couillon, maintenant plus que jamais !

À l'aéroport, Alex quitte le terminal de Continental Airlines et glisse son billet et son passeport dans la poche de son veston. Larry l'aperçoit et le rejoint en courant.

– J'ai parlé avec mon contact chez Lyndon Pharmaceuticals, annonce-t-il sur le ton de la confidence, comme s'ils n'avaient pas interrompu leur conversation, depuis ce feu rouge au carrefour. Tu sais, les Canadiens.

– Larry, je t'ai déjà dit au revoir.

– Ils sont d'accord pour nous filer une rallonge si on trouve un volontaire pour tester l'Expectane.

– On ne peut pas poursuivre les essais sans l'accord de la FDA, lui rappelle Alex d'un ton las.

Larry balaie l'objection d'un geste désinvolte.

– On n'a pas besoin de les mettre au courant. Est-ce qu'on va laisser une poignée de bureau-crates de Washington barrer la route du progrès ?

Alex pousse un gros soupir.

– Mais quelle femme accepterait de suivre un traitement non homologué ? dit Alex avec un gros soupir. Surtout si elle est enceinte.

– Une femme ? Mais qui a dit qu'on avait besoin d'une femme ? demande innocemment Larry.

Tout en parlant, ils ont atteint les contrôles de sécurité. Alex montre son billet et sa carte d'embarquement, passe sous le portique de détection puis se retourne vers Larry :

– Qu'est-ce que tu racontes ?

La bouille ronde de Larry s'éclaire. C'est ça, son idée de génie, un concept qui vaut son million de dollars.

– Dans cette nouvelle phase de l'expérience, peu importe le sexe du sujet. Ce qu'on veut tester, c'est la façon dont réagissent les tissus humains. Le sexe, on s'en fout. Rappelle-toi Moe. Il est allé jusqu'à cinq mois de grossesse.

Alex vient de comprendre ce que Larry a en tête. Il ouvre la bouche, la referme, et dit enfin :

– Tu veux dire, faire les essais sur un... sur un homme ?

Larry a le sourire mi-coupable mi-innocent du petit garçon qui vient faire signer son bulletin scolaire. Il lève les mains, paumes vers le ciel.

– Hé, pourquoi pas ? T'es allergique à certains produits ?

– Tu veux dire... MOI ?

Alex recule, incrédule. Larry s'avance vers lui, mais l'officier de sécurité lui barre la route.

– Votre billet et votre carte d'embarquement, s'il vous plaît.

Tout en gagnant la zone de transit, Alex secoue la tête et parle tout seul. Quel olibrius, ce Larry ! Fou à lier, oui. Les types comme lui, on devrait les interner, leur interdire de se reproduire. (Il ignore que, justement...)

– Hesse ! Attends ! Laisse-moi t'expliquer !

Alex ne se retourne même pas. Mais Larry Arbogast n'est pas homme à abandonner aussi facilement une idée qui peut rapporter un million de dollars. Il se dirige au petit trot vers le comptoir de Continental Airlines, brandit sa carte de crédit VIP et achète l'une des deux seules places encore libres sur le vol San Francisco-Paris. Franchit la tête haute les portiques de détection, triple galop dans les couloirs...

Les passagers du vol Continental Airlines pour Paris sont en train d'embarquer. Larry joue des coudes dans le tunnel qui mène à l'avion. Enfin il rattrape Alex, lequel n'a pas l'air particulièrement heureux de le voir. Aucune importance. Larry reprend son exposé là où il l'avait laissé, sauf que cette fois il est hors d'haleine, ce qui ralentit quelque peu son débit.

– Tu ne serais pas complètement enceint, explique-t-il. Je veux dire, tu serais un peu comme une mère porteuse. (Il baisse la voix pour que les autres passagers ne l'entendent pas.) On féconde un ovule et on l'implante dans ta cavité péritonéale, on te met sous Expectane. Ce n'est rien, je t'assure. Une tête d'épingle, un grain de riz. Tu le gardes pendant trois mois, on note tous les résultats, et zoom, out, c'est fini.

À l'entrée de l'avion, l'hôtesse vérifie la carte d'embarquement d'Alex.

– Rangée 4, siège A. Là, à votre droite.

Larry tend la sienne, assortie de son sourire le plus charmeur et d'un « Salut, comment ça va ? » qui n'ont pas l'effet escompté, puisqu'il s'entend répondre d'un ton laconique :

– Rangée 51, siège F. Tout au fond.

Ils avancent à la queue leu leu dans l'allée centrale du 747, Alex s'arrête à sa rangée.

– Première classe, hein ? dit Larry. On ne se refuse rien.

– Ce n'est pas possible, c'est contre nature, et ça ne m'intéresse pas, déclare Alex d'un ton ferme et définitif.

Il a une place près du hublot, à côté d'une jolie jeune femme qui tient un bébé dans ses bras.

– Je vois que je m'étais trompé, Hesse. Je te prenais pour un chercheur.

Alex enjambe mère et enfant et s'installe.

– Mais je suis un chercheur.

– Ah oui ? Alors c'est ça, ton idée de la science, de la recherche ? Marcher sur les sentiers battus, d'accord, mais dès qu'il s'agit d'innover, pfuit, plus personne ! Tiens, prends Jenner, qui s'est inoculé la variole pour tester son vaccin. Lui, c'était un chercheur !

Larry accuse le coup. Quelque part, il doit bien reconnaître que, pour une fois, Larry a raison.

– Jenner, oui… murmure-t-il, songeur.

– Et pourquoi pas toi ?

Larry sait qu'il a touché un point sensible. Il tient le bon bout, il n'a plus qu'à tirer dessus. Il s'échauffe, fait de grands gestes :

– Impossible ? Mais qu'est-ce que t'en sais ? Contre nature ? Parce tu trouves que la nature fait toujours bien les choses, peut-être ? On a accompli des miracles en lui donnant un petit coup de pouce, je te signale. Et la science ! Au nom de la science, tu n'as pas le droit de refuser. Tu gagneras ta place au panthéon des plus grands savants !

L'éloquence théâtrale de Larry laisse Alex de marbre. Le seul argument qui le touche, c'est cette référence à la science. Faire progresser la science, c'est sa raison d'être. Il regarde la jeune mère assise à côté de lui avec son bébé, et l'enfant lui fait un sourire craquant d'innocence et d'insouciance. Alex songe à l'Expectane, à toutes ces femmes condamnées à la stérilité, et qui pourraient enfin mettre au monde des bébés comme celui-ci.

– Larry, tu essaies de me manipuler.

– Oui, admet joyeusement Larry. Et alors ? C'est la chance qui vient de frapper à ta porte, mon vieux. La chance de faire quelque chose de grand. Est-ce que tu vas te décider à lui ouvrir, ou bien est-ce que tu préfères regretter toute ta vie de l'avoir laissée sur le paillasson ?

« Ding ! » Au-dessus des passagers, les voyants rouges s'allument, il est temps de boucler les ceintures. L'hôtesse s'approche de Larry :

– Excusez-moi, monsieur, mais je vais devoir vous demander de regagner votre place.

L'instant de la dernière chance. Quitte ou double, pas de compromis possible. Dans cinq minutes, ils vont s'envoler pour Paris. Et Larry Arbogast ne parle pas un mot de français.

– Jouons cartes sur table, Hesse. Je ne t'aime pas particulièrement, et c'est réciproque. Tu as autant de chaleur et de charme qu'un anaconda, et si on n'était pas associés… Seulement voilà. On est dans la même galère, toi et moi, et on est sur le point de réussir un truc fantastique. Et j'ai besoin de toi pour le mener à bien. Sans toi tout tombe à l'eau. J'ai besoin de toi, O.K. ?

Il a débité son speech d'une traite, sans reprendre haleine. Il a fait ce qu'il a pu pour convaincre Alex et maintenant il se tait, dans l'attente du verdict.

Alex est silencieux. C'est la première fois qu'il entend Larry dire la vérité et il est impressionné.

C'est alors que sa jeune voisine se tourne vers lui et lui dit, avec un charmant accent français :

– Votre ami a vraiment l'air d'avoir besoin de vous.

Au même instant, l'hôtesse tape sur l'épaule de Larry. Elle n'a pas l'air de plaisanter :

– Monsieur, nous allons décoller. Veuillez aller vous asseoir, maintenant.

Larry lance un regard implorant à Alex.

– Je t'en prie ! Ne m'oblige pas à aller jusqu'à Paris ! En classe économique !

Vaincu, Alex pousse un soupir. Il a une brève pensée pour ses valises. Il espère qu'elles s'amuseront bien à Paris sans lui, et se demande s'il les reverra un jour. Puis il lance un coup d'œil à Larry Arbogast, qui sourit jusqu'aux oreilles. Il a intérêt à ne pas s'être trompé, celui-là. Prendre un tel risque, s'embarquer dans une aventure aussi folle... Oui, ça vaut bien une place au panthéon des hommes de science !

– Ça pourrait marcher, dit-il lentement, tandis que Larry et lui quittent l'aéroport.

En théorie, l'opération est relativement simple. Il suffirait d'implanter un ovule fécondé *in vitro* dans sa cavité abdominale, où il se développerait, se nourrissant à partir de l'épiploon. Il faudrait qu'il garde l'embryon pendant le premier trimestre – trois petits mois – et ils auraient toutes les données dont ils ont besoin pour prouver l'efficacité de l'Expectane sur l'organisme humain.

– Mais bien sûr, que ça va marcher ! renchérit Larry Arbogast.

Il jubile, le petit Larry. S'il ne se retenait pas, il sauterait au cou d'Alex. Enfin, il aurait peut-être un peu de mal, vu la différence de taille. Disons que s'il ne se retenait pas, il sautillerait sur place. Son enthousiasme doit être contagieux, car Alex, lui aussi, commence à croire à ce fantastique projet.

– Quel bond en avant, pour la science, pour l'humanité !

Il imagine le sourire radieux de tous ces couples qui jusqu'à maintenant désespéraient de connaître un jour le bonheur de fonder une famille. Il voit déjà les articles dans les revues médicales et scientifiques. Les félicitations respectueuses de ses collègues, de ses pairs.

– Ouais, un sacré bond en avant, dit Larry, qui visualise déjà les zéros alignés sur les chèques de la Lyndon Pharmaceuticals.

– Mais... tu es sûr de pouvoir obtenir un ovule ? demande Alex.

– Fais-moi confiance.

Et là il ne ment pas : il sait où trouver des œufs. Des douzaines d'œufs, bien frais, bien rangés, soigneusement étiquetés...

L'idée de Larry, c'est que le Centre Lufkin n'a sans doute pas pensé à changer la serrure de l'ancien laboratoire du Dr Alexander Hesse. En tant qu'associé d'Alex, Larry avait un double de la clé. Qu'il a toujours.

Il introduit la clé dans la serrure, il tourne... Bingo ! Il avait vu juste, ça marche. En trois secondes il est dans le laboratoire et dirige le faisceau de sa lampe de poche halogène sur la « Pouponnière » du Dr Diana Reddin, le précieux conteneur réfrigéré à l'azote.

Il pousse la manette qui commande l'ouverture du couvercle, et le casier rempli d'éprouvettes s'élève avec un petit bruit chuintant, dans un nuage de vapeur d'azote.

– Mamma mia ! Miam miam !

Larry exulte.

– Am-stram-gram, pique et pique et colégram…

Le faisceau balaie le casier à œufs. Lequel choisir ? Mon Dieu, lequel choisir ? Larry déchiffre les noms sur les étiquettes. L'un d'eux lui paraît sympathique, et il l'extrait du casier : « Junior ».

– Viens, mon petit Junior, je t'emmène faire un tour.

Avec d'infinies précautions, Larry dépose le tube à essai dans le petit sac isotherme qu'il porte en bandoulière. Mission accomplie, c'est dans la poche. Et un œuf poché pour monsieur, un !

Il referme le couvercle de la Pouponnière et s'apprête à quitter le labo quand le faisceau de sa lampe rencontre le Dr Diana Reddin. Elle est assise à son bureau, sa tête repose sur un sandwich fromage-crudités. Larry fait un bond et, réveillée en sursaut par le rai lumineux, Diana sursaute. Difficile de dire lequel des deux est le plus surpris.

– Docteur Arbogast ?

– Docteur Reddin ! Qu'est-ce que vous faites là ?

Larry s'éloigne discrètement du conteneur et s'efforce de cacher sa miniglacière derrière son dos.

– Où... Où suis-je ?

Question classique dans les contes de fées, quand la jolie princesse s'éveille au bout de cent ans. Là, le remake est pour le moins audacieux : primo, Larry Arbogast n'a pas franchement le look d'un prince charmant ; deuzio, a-t-on jamais vu une princesse se réveiller avec un morceau de sandwich au fromage collé sur la joue ? C'est pourquoi, sans doute, Diana reprend très vite ses esprits.

– Oh, le labo. Oui, mon labo. Mais vous, qu'est-ce que vous faites ici ?

Bonne question. Qui requiert une bonne réponse. Larry, mon vieux, c'est le moment de cogiter. De faire bouger tes méninges, et vite.

– Je... euh... c'est que... c'est comme quand un joueur change de club, voyez ? Eh bien il... enfin, il revient une dernière fois sur le terrain, comme ça, tout seul, lui tout seul avec ses pensées, sa nostalgie. Il a envie de graver tout ça dans sa mémoire, la lumière, l'odeur de l'herbe, les gradins... (Arrête, Arbogast, tu t'enfonces.)

Il s'arrête, elle doit le prendre pour un fou dangereux. Il se penche vers elle et, très doucement, enlève la mince tranche de cheddar qui lui colle à la joue. Ainsi démaquillée, elle est plutôt canon, un sacré beau petit lot.

– Merci, dit Diana d'un air absent.

Les explications de Larry la laissent perplexe. À vrai dire, elle n'a rien compris. Qu'est-ce qu'il fabrique dans ce labo, en pleine nuit ?

– Je croyais que vous étiez gynécologue.

– C'est exact. À propos, vous avez ce qu'il vous faut, de ce côté-là ? Tenez, voici ma carte.

– Tout ça ne me dit pas ce que vous faites dans mon labo.

Décidément, Diana Reddin a de la suite dans les idées. Alex Hesse, version femelle, se dit Larry. Pas facile de noyer le poisson, avec des gens comme ça. On a beau faire diversion, ils ne mordent pas à l'hameçon. Toujours ils reviennent à la charge, jamais ils ne lâchent le morceau. Ils veulent des faits, des preuves. Bon, je sens que ça va être coton.

– Eh bien… J'étais l'associé du Dr Hesse sur le projet Expectane. Toutes ces nuits qu'on a passées ici à bosser comme des dingues, vous n'imaginez pas ! Ce labo, voyez, c'était comme chez moi. Tous ces souvenirs…

Il l'observe à la dérobée. Bon, elle a l'air de gober ça mieux que le coup du joueur de base-ball nostalgique. Dans la pénombre, il aperçoit une forme, non loin de là : les singes dans leur cage, pelotonnés endormis.

– Minnie et Moe ! Vous les avez gardés !

– Je ne pouvais décemment pas mettre à la porte une future maman, n'est-ce pas ?

Ce qu'elle ne dit pas à Larry, c'est qu'en fait, elle apprécie leur compagnie. On se sent seul, parfois, quand on travaille tard dans un laboratoire.

– Ça va faire plaisir à Alex.

Diana hésite, se mordille la lèvre.

– Je l'ai à peine entrevu, mais j'ai l'impression que le Dr Hesse m'en veut de lui avoir pris son labo.

Larry hausse les épaules.

– Il l'a assez mal pris, c'est vrai. Mais ça n'a rien de personnel. Vous n'y êtes pour rien. C'est lui. Il est du genre susceptible. C'est chronique, chez lui.

– Eh bien, de mon côté… Je déteste voir des projets avorter faute de crédits. C'est tellement frustrant. Dites-lui que si je peux lui être utile, je serais ravie de le dépanner. Ce labo est grand, nous avons du matériel, on pourrait peut-être s'arranger…

Un labo, du matériel ! Non, Larry, c'est trop beau, tu rêves ! Cool, mec, cache ta joie, vas-y en douceur.

– C'est extrêmement généreux de votre part, et vous ne pouvez imaginer à quel point votre proposition tombe à pic.

Il tend la main à Diana, elle la lui serre. Mais ce qui l'intéresse, ce n'est pas la main droite, c'est la gauche. Et plus précisément l'annulaire. Pas d'alliance, tiens, tiens…

– Et, si je puis me permettre d'être indiscret : y a-t-il un M. Reddin ?

– Non.

Réponse nette, du genre « No comment ».

Larry lève les yeux vers elle, et ça lui fait craquer les cervicales, elle plafonne à vingt centimètres au-dessus de lui, facile.

– Vous seriez libre pour dîner, un de ces soirs ?

– Non. Bonsoir, docteur Arbogast.

Réponse franche et tranchante, du genre « Va te faire voir », version polie.

En quittant l'ex-laboratoire (futur ex ?) du Dr Alexander Hesse, Larry est en proie à des sentiments mitigés. Il a en bandoulière ce pour quoi il est venu. Un œuf nommé Junior. Il a, en prime, la proposition de Diana : locaux et équipements pour les travaux d'Alex. Alors, que demande le peuple ? Il devrait sauter de joie.

Oui, mais c'est Diana qu'il aurait bien voulu sauter. Et là, ça paraît mal barré.

3

LARRY

Qui vole un œuf… Il s'agit maintenant de passer à l'étape suivante. C'est bien beau d'avoir un ovule, encore faut-il le féconder. Et le donneur logique, c'est le Dr Alexander Hesse, bien sûr. Donneur et mère porteuse, tout en un et l'un dans l'autre, en quelque sorte. Larry téléphone à Alex pour lui annoncer la bonne nouvelle et ils conviennent de se retrouver au CLS, vers minuit.

Quand les deux compères (si l'on peut dire, puisqu'en l'occurrence, seul l'un des deux sera père), quand Larry et Alex, donc, arrivent sur les lieux du crime, les lumières sont éteintes et les portes verrouillées. Ils sont seuls dans l'établissement et ça tombe plutôt bien, ce qu'ils ont l'intention d'y faire ne regarde qu'eux – et Junior.

Il va sans dire que Larry Arbogast n'a pas jugé utile d'informer Alex de la façon dont il s'est procuré le précieux ovule. Alex ignore également que sa future progéniture se prénomme Junior. Si

Alex Hesse préfère penser que l'œuf a été obtenu par des moyens légitimes, inutile de le décevoir. Il ne faut jamais contrarier une future mère. Et si le Dr Hesse s'avise de poser des questions, qui a dit que le Dr Arbogast était obligé d'y répondre ?

Bon, il ne reste plus qu'à passer à l'action. Larry tend à Alex un petit gobelet en plastique et l'emmène dans le Masturbatorium, qu'Alex considère d'un air profondément dégoûté. Ces détails bassement matériels ne l'intéressent pas, il s'en passerait volontiers. Mais enfin, puisqu'il faut en passer par là... Que ne ferait-on pas au nom de la science !

Dans le branlodrome, Alex jette un œil méprisant aux magazines coquins et aux titres des cassettes classées XXX. L'heure n'est pas à la bagatelle.

Discrètement, Larry referme la porte derrière lui (il ne faut pas déranger les gens qui travaillent) et fait les cent pas dans le hall, attendant le contenant et son contenu. Tant de choses dépendent de ces quelques centilitres de liquide. Tant de choses, en chèques et en liquide.

Deux minutes plus tard (bravo ; Larry ne s'attendait pas à une performance aussi rapide), Alex ressort et lui tend le gobelet du bout des doigts, comme s'il s'agissait d'un crapaud visqueux ou d'une fiente de pigeon. Réprimant un petit croassement de triomphe, Larry entraîne Alex vers le laboratoire. Il allume la lampe du microscope électronique. Junior attend bien sagement dans sa petite coupelle en verre (sa boîte de Petri, comme on dit chez les toubibs), sous la lentille du microscope. Bien sûr, Larry a pris la précaution d'enlever l'étiquette qui eût trahi les origines de Junior. Junior n'est plus maintenant qu'un ovule parfaitement anonyme. Et décongelé. Petite chose ronde et tout émue, en pleine forme pour sa première surprise-partie, son premier rendez-vous avec un petit ami.

La FIV – fécondation *in vitro* – est l'un des miracles de la médecine du XXᵉ siècle. *In vitro !* Non, ça ne veut pas dire dans la vitre, plutôt dans un verre. Mais dans ce verre-là on ne sable pas le champagne. C'est la coupelle dans laquelle les spermatozoïdes vont s'agiter comme des asticots pour tenter de séduire Miss Ovule. Laquelle n'a pas trop de soucis à se faire pour son maquillage : vous imaginez, mesdames, une soirée où vous seriez la seule, face à des milliers de prétendants qui remuent la queue ? Le vrai pied ! Sauf qu'en l'occurrence, c'est un peu comme la fille dans la vitrine : côté intimité et lumières tamisées, on a vu mieux. L'acte se passe sous la lentille d'un microscope et les pupilles fascinées d'un voyeur. Cette fois, il s'appelle Larry.

Quand la demoiselle, séduite et abandonnée, se retrouve dans une situation intéressante, c'est-à-dire quand elle s'est divisée en quatre, puis huit cellules, elle est placée dans un foyer d'accueil. L'utérus – ou, dans le cas présent, la cavité péritonéale du Dr Alexander Hesse. Là, elle continuera de se développer pour devenir – du moins espérons-le – un être humain.

Le CLS est moderne, bien équipé. Les soins qu'on y prodigue vont de la simple injection de progestérone aux examens et interventions plus complexes – laparoscopie, hystéroscopie, cœlioscopie, endoscopie, bref, toutes les scopies et tomies utilisant la technique des fibres optiques et du laser pour scruter, récurer et bichonner la paroi utérine, la débarrasser des fibromes, adhérences, endométrioses et autres phénomènes parasites susceptibles d'entraver la nidation. Enfin, je vous fais grâce des détails. Dans le cas d'Alex, rien de bien compliqué : implantation d'un embryon FIV par aiguille laparoscopique, traitement Expectane et hormonothérapie pour consolider la paroi abdominale qui devra nourrir l'embryon jusqu'à la formation du placenta. On poursuivra le traitement à l'Expectane après la formation du placenta pour réduire les risques d'avortement spontané.

Avec des gestes d'une délicatesse surprenante de la part de petites mains si boudinées, le Dr Lawrence Arbogast perfore la membrane externe de l'ovule, à l'aide d'une longue aiguille stérile.

– Ça te plaît, hein, ma poulette ? commente-t-il, très concentré.

Et, à l'aide d'une seringue, il injecte dans la coupelle le sperme d'Alex, c'est une technique de ponte – pardon, de pointe. Et là, son œil s'arrondit, dans le viseur du microscope. Il faut dire que le spectacle vaut son pesant de dollars. Cinquante mille minuscules spermatozoïdes frétillent du flagelle autour de l'ovule placide et rond comme une tarte à la crème. Ah, mystères de la nature ! Ah, miracle de la vie ! C'est beau, non ?

– Étonnante mobilité, exulte Larry. Excellente concentration.

– Pardon ? dit Alex, penché sur son épaule.

– Ils nagent bien et ça se bouscule au portillon, traduit Larry.

Bon. Voilà pour la phase 1. Séduite et enclouée, Miss Ovule. Succès total. La phase 2 est plus délicate. Il s'agit maintenant de l'installer dans son foyer d'accueil, pendant qu'elle est encore fraîche et rose. Dans le cas d'une FIV classique, on l'aurait délicatement implantée dans l'utérus de sa future maman, elle se serait accrochée à la vie bien gentiment, et son garde-manger – le placenta – se serait tout naturellement et régulièrement garni. Mais là, avec Alex, c'est un peu plus sophistiqué. C'est un studio, d'accord, mais pas habitable de suite, il y a quelques travaux à faire. La paroi péritonéale, c'est moins cosy que l'utérus. Va falloir ramer, mon petit. Mais t'inquiète, on va t'aider. Expectane plus hormones femelles : tu vas l'avoir, ton placenta. Avec l'épiploon en prime. (Pour ceux que ça intrigue, non, l'épiploon n'est pas un personnage de bande dessinée. D'après le dictionnaire, c'est le « repli du péritoine qui relie entre eux les organes abdominaux ». Maintenant, comment notre Junior va trouver son biberon là-dedans, mystère. Mais faisons confiance à Alex et Larry, ils ont l'air de savoir ce qu'ils font.)

Bon, bref, théoriquement, un mâle gravide (ça choque moins que « enceint » et ça veut dire la même chose), bref, donc, un mâle doit pouvoir mener une grossesse à terme et être délivré (eh oui, la naissance des uns, c'est la délivrance des autres, et on s'étonne après ça qu'il y ait la queue chez les psy), être délivré, disions-nous donc, mais par césarienne, bien entendu (faut quand même exagérer, ils sont doués et musclés, mais quand faut pousser y a plus personne).

Nous parlions théorie. Dans le cas d'Alex, bien sûr, la question ne se pose pas. Pour prouver l'efficacité et l'inocuité de l'Expectane, trois mois suffiront. C'est le marché conclu entre Alex et Larry : trois mois et basta ! Un grain de riz. Enfin, disons, un noyau d'olive. Une incision d'un centimètre. Quand on pense à tous les gens qui se sont fait enlever l'appendice, et souvent pour rien... Là, c'est pour la science. (Et un million de dollars, ajoute mentalement Larry.)

Pour l'heure, Larry se savonne les mains jusqu'aux coudes, enfile sa blouse et ses chaussons verts. Alex, de son côté, se prépare aussi. Il a enlevé sa chemise, révélant une impressionnante panoplie de muscles, une vraie planche anatomique pour les élèves des écoles. Et un ventre plat et dur, digne d'Arnold Schwartzenegger. Et cette idéale ceinture abdominale, il est en train de la badigeonner de désinfectant, le nez pincé (les relents d'éther, les senteurs de salle d'op, ça l'a toujours incommodé, il est chercheur, pas chirurgien). Mais faut ce qu'il faut. Héroïque, il se branche lui-même sur le moniteur – pression artérielle, rythme cardiaque...

Quand Larry revient, tout de vert et stérile vêtu, Alex est fin prêt. Prêt au sacrifice, assis sur la table d'examen.

– Alors, ma puce, on y va ? demande Larry.

– Vérifie le dosage, s'il te plaît.

Larry jette un coup d'œil sur l'étiquette scotchée sur le verre gradué.

– 10 cm^3 d'Expectane, plus 100 mg de progestérone.

Tel Socrate, Alex avale la mixture d'un trait et se laisse retomber sur la table. Larry branche l'échographe, vérifie l'image sur l'écran, et s'empare d'une longue seringue. Il s'approche d'Alex, vise l'abdomen...

– C'est parti mon kiki...

Alex a fermé les yeux, au dernier moment.

Quand il les rouvre, il est au lit, en chemise de nuit, dans l'une des chambres du CLS. Il se sent bien, heureux. Euphorique, même. Larry Arbogast entre dans sa chambre, sourire fendu, heureux aussi. Une ravissante infirmière entre derrière lui. Souriante. Tout le monde il sourit, tout le monde il est heureux. Mais pourquoi ? Alex sent que quelque chose lui échappe.

L'infirmière a un gros truc dans les bras, d'où s'élève un vague vagissement. Elle dépose le couffin sur le lit, à côté d'Alex. Il y risque un œil. Et reste pétrifié d'horreur.

Là, dans ce panier, il y a un bébé. Enfin, façon de parler. Non, ce n'est pas vraiment un bébé. C'est une réplique d'Alex, en miniature. Une copie conforme, mais en modèle réduit. Une maquette, en quelque sorte. Tout y est, jusqu'aux lunettes cerclées de fer. Un adulte en réduction, à part le ruban bleu au poignet et les couches au cul. La créature vagit comme vagissent tous les nouveau-nés, mais dès qu'elle aperçoit Alex, elle se calme et tend ses petits bras.

– Maman ?

Alex regarde, fasciné, effaré.

– MAMAN ?

Mais maman Alex est paralysé(e), incapable de réagir. Il contemple sa progéniture, épouvanté. Ce qui le perturbe, en vérité, c'est la confusion des genres. Il y a quelque chose qui cloche, là.

– MAAAAAAMAAAAN !

Lorsque l'enfant paraît... sortez vos boules Quiès. Mais Alex est un homme sensible, en dépit des apparences. Ça le bouleverse, ces hurlements de détresse. Ce petit réclame sa mère. Sa mère ? Quelle mère ? Il n'a pas de mère, ce bébé. Sa mère s'appelle Alex. Ô mon Dieu, nom d'un embryon ! Quel imbroglio, quel embrouillamini !

Bon, je suis dans la merde, se dit Alex. Et pas qu'un peu. Et, très courageux, comme tous les hommes, il plaque ses paluches sur ses oreilles, plaque ses paupières contre ses yeux... Non, ce bébé n'existe pas. Non, ce bébé n'exis...

Il ouvre les yeux, se redresse en un sursaut. Regarde autour de lui, désorienté. Il est sur un lit, tout habillé. Ou plutôt sur un couvre-lit. Tissu imprimé. Des roses, joufflues comme des choux. Des roses ? Des choux ? Mon Dieu, non ! NON ! Regard circulaire. Non, dites-moi que je cauchemarde. Mais non. Mais si. Partout des roses plus que roses et des végétaux plus verts que des choux. Sur les doubles rideaux, le papier peint, la moquette. C'est qui, le décorateur ? Laura Ashley ? Heureusement pour lui, Alex n'est pas sujet au rhume des foins. N'empêche, il a comme un malaise, là. La vie en rose, d'accord, mais trop, c'est trop. Et d'abord il est où ? Il est venu comment ? Ah, oui, Larry...

– Larry ? LARRY ?

Larry Arbogast pointe le bout du nez dans l'entrebâillement de la porte.

– Bonjour ! (Aimable souriant heureux, genre pub Ricorée, le soleil vient de se lever...)

– Euh... Qu'est-ce que je fous là ? (On se souviendra que dans les contes de fées, les princesses disent « Où suis-je ? ». Les princes, eux, n'ont pas dormi cent ans, ils ont un vocabulaire plus moderne.)

– T'es chez moi, vieux. T'as oublié ? Je te garde pendant toute la durée de l'expérience, c'était convenu comme ça.

Oui. Lentement, doucement, ça lui revient, à Alex. L'idée insensée de Larry. Sa propre capitulation. Au nom de la Science avec un grand S. L'ovule. Ses spermatozoïdes, nageurs olympiques. La fécondation sous microscope. Et puis la seringue, qui lui transperce le bide... Et gloup, gloup, Expectane et hormones. Oui, tout lui revient, maintenant.

Que dire ? Il est encore groggy par ce qu'il a subi la veille, encore secoué par cet horrible cauchemar. Ce bébé, qui l'appelait « maman » ! Un bébé à lunettes ! Mais, bon, Alex s'est engagé, il n'est pas homme à revenir sur sa parole. Et puis, ce n'est qu'un mauvais moment à passer. Trois petits mois...

Larry, lui, ne connaît pas ces états d'âme. Homme d'action, il fiche un thermomètre dans la bouche d'Alex, lui boucle un tensiomètre autour du bras et appuie sur la poire.

Alex regarde autour de lui.

– Mmmmmmfffnnn, commente-t-il. (Essayez donc d'articuler, avec un thermomètre sous la langue.)

– C'est la chambre de mon ex-femme, explique Larry. Joli, non ? Elle l'a décorée elle-même. Elle a ses défauts, c'est vrai, mais elle a du goût. Elle tient ça de sa mère.

– Nnnnflmmmm ?

– Non, on n'a pas toujours fait chambre à part. Tu sais, avant d'en arriver au divorce, la route est longue. Et on a fait un bout de chemin ensemble.

Larry vérifie la tension d'Alex, la note sur son calepin :

– Impeccable. Une vraie jeune fille.

Puis il prend le thermomètre :

– 37° 2. Parfait.

– J'ai envie de pisser, dit Alex.

On sent qu'il ne plaisante pas. Mais Larry non plus, qui lui tend un flacon :

– Oui, vas-y. J'en aurai besoin.

Il accompagne Alex jusqu'à la salle de bains. Rideau de douche imprimé de roses grosses comme des choux. Serviettes assorties, tapis de bain itou. Tout ce rose, tout ce vert, Alex en a la nausée.

– On fera les analyses tous les jours à 8 heures du matin et à 10 heures du soir. Et j'ai commandé un scanner, et aussi un …

– En attendant, si ça ne t'ennuie pas, tu pourrais me laisser seul une minute ?

Alex déteste faire pipi en public.

– Tu vas voir, ça va marcher comme sur des roulettes, vieux! s'exclame Larry en s'éclipsant.

Heureux, il est! Il contrôle la situation, c'est l'affaire de trois mois, trois petits mois, et ensuite… laissez venir à moi les jolis petits dollars. Une vraie famille nombreuse.

– Je ferai les analyses au labo tous les jours, crie Alex depuis la salle de bains. Et on pourra faire le point tous les vendredis.

Larry sort du tiroir de la commode une boîte en plastique et une montre à cadran digital. Alex sort de la salle de bains, son flacon d'urine à la main. Larry le lui prend, et lui tend la montre.

– Je l'ai réglée pour qu'elle sonne toutes les quatre heures, dit-il. Comme ça tu n'oublieras pas de prendre ton Expectane. Plus la progestérone. Il y a des doses toutes prêtes dans cette boîte en plastique. Qu'est-ce que t'en penses ? Six fois par jour ?

– Oui.

Larry prend un compte-gouttes et laisse tomber quelques gouttes de solution dans le flacon qui contient le pipi d'Alex.

– Comment tu te sens ? demande-t-il, plein de sollicitude.

Alex réfléchit un moment, puis :

– Je me sens à peu près aussi bien qu'un type qui vient de s'échapper de l'asile mais qui ferait bien d'y retourner.

Larry lève le flacon, l'examine et son visage s'éclaire. L'urine est d'un bleu éclatant.

– Tu es peut-être fou, mon vieux, mais je vais te dire : tu es aussi enceint. Complètement, totalement enceint. Félicitations !

La nouvelle frappe Alex de plein fouet. Il s'y attendait, bien sûr, c'est le résultat logique de la séance au laboratoire, la veille au soir. Mais se l'entendre dire, comme ça, avec des mots de tous les jours. C'est presque choquant. Entre la théorie et la pratique, la conception et l'action, le tacite et l'expression, il y a un monde. Un abîme.

– Enceint. Je suis enceint… murmure Alex.

Il se plante devant la glace et s'observe longuement. Non, rien. Il ne voit rien. Il n'est pas différent de ce qu'il était hier. Il soulève sa chemise, se met de profil, bombe le torse, cambre les reins, expire, inspire, relâche ses muscles. Mais non. Toujours rien. Ventre plat et ferme, Monsieur Muscle en personne. Rassuré, il rabat les pans de sa chemise, les fourre dans sa culotte. Trois mois. Seulement trois petits mois…

C'est un tantinet encombré, dans le laboratoire du Centre Lufkin. Le Dr Reddin plus Arthur et Jenny, ses deux laborantins ; plus le Dr Hesse et Alice, son assistante. Sans compter Minnie, Moe et leur bébé qui vient de naître. Minuscule chimpanzée, qui fait la joie et la fierté de ses parents. On a dû leur donner une cage plus grande, et ça aussi ça prend de la place. Bref, pour circuler dans ce labo, il va bientôt falloir instaurer un sens giratoire.

Malgré cette crise du logement, au cours de ces trois semaines de cohabitation, il n'y a eu aucun conflit entre Alex et Diana. Chacun est tellement absorbé par son travail qu'ils ont tendance à s'ignorer. Diana ne pense qu'à ses ovules congelés, Alex ne pense qu'à… À quoi, au juste ? À quoi pense notre Alex ?

Il n'a pas osé parler à Diana de son projet, et elle n'a pas songé à l'interroger. Chacun son territoire, elle travaille dans son coin et lui dans le sien. Ils se ressemblent, ces deux-là. Solitaires, sérieux, boulot-boulot. Ils s'entendent bien, notez. Ils échangent les politesses d'usage, matin et soir. Mais le reste du temps ils s'ignorent. Un labo est un labo, on n'y vient pas pour rigoler, on est dans le temple de la Science, pas au Club Med.

Alex s'est vu attribuer un coin du laboratoire où il a installé son ordinateur. Il passe son temps et prend son pied penché sur son clavier, il tape comme un malade, sa souris n'est ni blanche ni grise, elle est sur bille et elle ne couine pas, elle fait

« clic ». Et sur l'écran de ses nuits bleutées apparaît une image en trois dimensions. Face, profil... Mais cette fois, ce n'est plus la réplique de Minnie. C'est une silhouette humaine. « Implantation : trois semaines », dit la légende. Le Dr Hesse, en fait, entre des données intéressantes dans son ordinateur. Les résultats des prises de sang et d'urine que le Dr Arbogast a effectuées la veille. Et tout en tapant sur son clavier, le Dr Hesse se frotte la poitrine, inconsciemment. Quelque chose le démange, là.

Pour son projet, le Dr Diana Reddin utilise plus d'un ordinateur et plusieurs terminaux. Pour l'heure, tous les écrans clignotent, toutes fenêtres ouvertes, graphiques et schémas se succèdent. Diana commente ces données pour ses assistants, leur explique l'étape suivante.

– Voyez, l'embryon n° 3 en est à la division de deux à quatre cellules. Mais le n° 4 en est à huit cellules, et nous allons le congeler...

Elle s'interrompt, étonnée : de l'autre extrémité du labo parvient un bruit bizarre, une sorte de grognement soudain.

Alex Hesse a bondi sur ses pieds, renversant sa chaise dans sa précipitation. Une main plaquée sur la bouche, il se rue vers les toilettes. Il est blême, vert, même. Inquiète, la fidèle Alice s'avance vers lui, mais il lui fait signe de reculer et file comme une flèche.

Diana reprend son exposé :

– ... le congeler pour suivre les effets de l'interruption de son développement. Le but est de vérifier les conséquences de la cryogénie sur l'empreinte ADN et, si nécessaire, comparer les aberrations par rapport à une congélation au stade deux-quatre...

Bruit de chasse d'eau, qui interrompt Diana une seconde fois. Elle lève la tête et aperçoit Alex qui sort des toilettes, plus vert que jamais. Il s'essuie les lèvres et titube vers son bureau.

– Docteur, je peux vous aider ? demande la fidèle Alice.

– Non, ce n'est rien, répond Alex d'une voix chevrotante.

– Ce n'est rien ! annonce Alice à la ronde.

– Allons, au travail, dit Diana, et ses assistants trottinent docilement vers leurs terminaux.

C'est ce moment que choisit Larry Arbogast pour faire irruption dans le laboratoire.

– Salut tout le monde ! Alors, Al, ça boume ?

Il s'arrête devant la cage des chimpanzés et observe un moment la nouvelle-née et ses parents.

– Elle a la bouche de sa mère, la petite. Elle va faire des ravages.

Alex fait signe à son associé de le rejoindre.

– Qu'est-ce qui se passe ?

Alex lui montre une fenêtre sur l'écran de son ordinateur :

– Mon taux d'hormones est insuffisant, annonce-t-il, très calme.

Larry se penche vers l'écran.

– Ouais, je vois. On va augmenter la dose. 5 ml de plus. Et comment tu te sens ?

– Pas terrible. Je ne peux rien garder.

– Nausées matinales, c'est normal. Ça passera.
Mange des crackers.

Alex se frotte la poitrine, dans un geste réflexe.

– Et j'ai les seins très sensibles, dit-il à mi-voix.

– Quoi ?

– Les tétons. (Il a haussé la voix.) J'ai les tétons
qui me titillent.

– Ça te titille, ou ça te fait mal ?

Arthur, l'assistant de Diana, travaille juste à
côté d'eux et a entendu la fin de leur conversation.

– Vous surfez ? demande-t-il.

– Pardon ? dit Alex, surpris.

– Je veux dire, vos problèmes, là. Si vous faites
du surf, c'est pas étonnant. Ça me le fait aussi,
vous savez. Problème d'allergie. Contact avec la
planche, plus l'eau de mer, ça irrite.

– Ça te fait quoi ?

Jenny, l'autre assistante du Dr Reddin, met son
grain de sel. Elle veut savoir de quoi ils parlent.

– Il a les tétons qui lui démangent, explique
Arthur.

– Mais je ne surfe pas, dit Alex.

Le fait est qu'il n'a jamais mis les pieds sur une
planche de surf, et encore moins les tétons.

– Alors vous devriez changer de lessive, suggère
Jenny. Moi j'ai eu des problèmes aussi, jusqu'à ce
que je passe au biodégradable.

Alex secoue la tête :

– Non. Je ne pense pas que ce soit ça.

Diana lève la tête, visiblement mécontente de
voir ses assistants en train de bavarder avec le
Dr Hesse. Bon sang, on n'est pas là pour rigoler,

l'université verse des subventions pour la recherche, pas pour la tchache !

Alex attire Larry à l'écart, hors de portée d'ouïe :

– Je n'en peux plus, Larry. Je ne sais pas si je vais tenir encore longtemps.

Larry regarde son associé, le jauge des pieds à la tête. C'est vrai. Alex a une petite mine. Très très petite. Teint jaune tirant sur le vert, cernes mauves, un arc-en-ciel à lui tout seul. Mais à part les couleurs, il tient la forme. Toutes les femmes enceintes en passent par là, pas de quoi s'affoler. Dans deux mois ça sera pire, mais c'est pas la peine de le lui dire…

– Tu t'en tires comme un chef, Alex. J'ai eu le type de Lyndon Pharmaceuticals au téléphone, ce matin. Ils ont vu nos premiers résultats et ils sont excités comme des puces. J'ai rendez-vous avec le P.-D.G. le mois prochain.

Soudain, Alex pousse un grognement et se plie en deux.

– Des crampes ? demande Larry, plein de sollicitude.

Alex a trop mal pour répondre, il se contente de grimacer.

– Allez, viens dehors, un peu d'air te fera du bien.

Larry guide Alex vers la sortie, il a tout du remorqueur qui guide le *Titanic* hors du port. Les deux hommes sortent de l'immeuble, Larry tricotant des gambettes, Alex à l'agonie, pantelant, tel un poisson hors de l'eau.

– Je ne veux pas diminuer les hormones et tout bousiller, dit Larry. Quelques nausées et quelques crampes, c'est pas ça qui va te tuer. Tu en verras d'autres.

– Docteur Hesse ? Docteur Arbogast ?

Accent très british, juste derrière eux.

Larry lève les yeux au ciel.

– Manquait plus que celle-là !

Diana Reddin se dirige vers eux d'un pas résolu. Un gosse sur sa planche à roulettes fonce droit dans sa direction, à 50 à l'heure. Elle fait un écart pour l'éviter et, bien sûr, se met en plein sur sa trajectoire. Le gamin part en vol plané. Diana ne s'en aperçoit même pas et rattrape Alex et Larry.

– Je ne voudrais pas me mêler de ce qui ne me regarde pas, commence-t-elle, mais...

– Quoi ? fait Larry, toujours un peu parano.

Diana se mordille la lèvre, l'air gêné.

– Eh bien, je n'ai pas pu m'empêcher de remarquer. Les nausées, cette fatigue, les flacons vides dans la poubelle des toilettes...

Elle s'interrompt. Ce qu'elle a à dire est délicat. Mais d'un autre côté, ça part d'un bon sentiment.

– Oui ? fait Alex, anxieux.

Il ne sait que trop bien ce qu'évoquent ces symptômes. En outre, n'oublions pas que Diana est elle aussi une experte dans le domaine de la reproduction. Aurait-elle deviné ? Serait-elle tombée par hasard sur la vérité ? (Et pour ce qui est de tomber, elle est douée, on le sait.)

Finalement, elle se jette à l'eau :

– C'est quoi ? Cocaïne ? Héroïne ?

– Hein ? Quoi ? Mais non ! Absolument pas ! explose Alex.

– Mais il ne faut pas en avoir honte, vous savez, dit doucement Diana. C'est parfois héréditaire. À Oxford, je faisais partie d'un groupe de recherche...

Soudain Alex se plie en deux et pousse ce qui ressemble à un beuglement. Les genoux en coton, il doit s'appuyer sur Larry.

– Docteur ! Ça ne va pas ?

Diana a l'air sincèrement inquiète.

– Ce n'est rien, ça va passer, dit Alex d'une toute petite voix.

Il tient à peine debout, il se laisse choir sur la pelouse. Larry se penche vers lui et Diana s'agenouille, pleine de sollicitude.

– Ça empire ? fait Larry.

– Les crampes... C'est terrible !

– Mais qu'est-ce qu'il a ? demande Diana.

Larry hoche la tête d'un air résigné.

– Je... Je suppose qu'il vaut mieux qu'on vous dise la vérité.

Alex redresse la tête, paniqué. Mais Larry lui lance un regard entendu, du genre « laisse-moi faire et fais comme moi ».

– Êtes-vous capable de garder un secret ? demande-t-il à Diana.

– Oui, bien sûr.

– Eh bien, il teste un nouveau traitement. Sur lui-même. D'où les flacons, dans les vécés. Les nausées, les tétons qui démangent, tout ça, ce

sont les effets secondaires. (Il baisse la voix :)
Mais ça reste entre nous, n'est-ce pas ?

– Comptez sur moi, le rassure Diana.

Le regard qu'elle porte sur Alex est empreint de
commisération. Et aussi d'admiration.

Et là, Larry embraye, comme lui seul sait le
faire, en vrai pro de l'impro :

– Il y a une terrible maladie qui atteint les
hommes de son village natal, en Autriche. Le syndrome de Gelandesprung. C'est d'ailleurs le nom
du village. Mais vous en avez sans doute entendu
parler...

– Euh... non, dit Diana.

Alex s'apprête à protester. *Gelandesprung ?* Non,
Larry exagère, vraiment. Alex Hesse est né et a
grandi à Vienne. Mais il n'ose pas interrompre
Larry, qui est vraiment lancé.

– Ça ne m'étonne pas. C'est une maladie peu
connue, qui sévit de façon endémique dans quelques régions du monde.

– On a isolé le virus ?

Diana est une scientifique avant tout, sa curiosité est éveillée. Une nouvelle maladie, dont on n'a
jamais entendu parler, ça la passionne.

Larry tournique des méninges, on entend presque les rouages, clic, clic, clic. Mais rien. Il est à
court d'inspiration.

– C'est un mal... terrible, implacable... débili-
tant...

– Obésité, propose Alex, qui vient juste de voir
passer une grosse dame.

Larry saisit la balle au bond :

– Oui. Une obésité soudaine qui frappe des hommes dans la force de l'âge. Ça les transforme en énormes…

– *Strudelhunde*, suggère Alex. Strudeldogs, en anglais.

– Strudeldogs ? répète Diana, qui y perd son latin.

– Des chiens… en pâte. Comme des pâtés en croûte, ou des chaussons aux pommes, traduit Alex. En Amérique vous avez les hot dogs. Et traiter quelqu'un de hot dog, ça ne doit pas être un compliment. Eh bien chez nous, dans mon village, Strudelhund c'est pareil. C'est comme ça qu'on appelle ces pauvres garçons. C'est une façon de se moquer de leur infirmité…

Mais Alex est coupé dans son élan par une autre crampe. Il grimace, serre les dents ; impossible de poursuivre son brillant exposé.

Et, avant que Larry ait le temps de prendre le relais, il aperçoit Noah Banes qui vient dans leur direction. Le chef du département scientifique de l'université a le nez plongé dans une revue spécialisée. Il n'a pas vu Alex, lequel n'est pas censé se trouver dans les parages. En ce qui concerne Banes, Alex n'a pas seulement quitté le Centre Lufkin, il a aussi quitté le pays. Larry, qui a surpris le regard d'Alex, lui fait signe : « T'inquiète, je m'en charge. »

– Je vais te chercher un truc à grignoter, dit-il. Je reviens tout de suite. (Puis, s'adressant à Diana :) Ne vous en faites pas, ça va aller.

– O.K.

Au fond, elle n'est pas mécontente de rester quelques instants en tête à tête avec le Dr Alexander Hesse. Ce syndrome de Gelandesprung, ça l'intrigue.

– Mais… vous n'êtes pas obèse, remarque-t-elle.

– Grâce au traitement. J'en ai encore pour… (rapide calcul mental)… pour neuf semaines. J'ai réussi à synthétiser le produit. Ensuite, j'envoie les résultats à Vienne, j'espère obtenir leur agrément. Ainsi je mettrai un terme à la souffrance de mes *Landesmänner.*

Alex s'étonne lui-même. Il ne se connaissait pas un tel don pour le mensonge. Décidément, il a trop vu Larry Arbogast, récemment.

Pendant ce temps, Larry est tombé « par hasard » sur Noah Banes.

– Banes ! Justement, je voulais vous voir !

Perché sur ses pattes de héron, le grand Banes toise le petit Larry.

– Tiens donc ! Et pour quelle raison ? demande-t-il, toujours aussi aimable.

À ses yeux, le Dr Arbogast et le Dr Hesse sont de l'histoire ancienne, une expérience ratée, et hop, un coup de balayette, poubelle.

– Eh bien, pour bavarder. C'est drôle, c'est une fois que les gens sont partis qu'on les apprécie à leur juste valeur…

– Mais je suis toujours là, répond Banes. C'est vous qui êtes parti. (Il observe Larry d'un œil suspicieux.) Qu'est-ce que vous manigancez, Arbogast ?

– J'ai deux-trois questions, à propos de notre contrat. Vous avez une minute ?

Et mine de rien, sans avoir l'air d'y toucher, Larry pose sa petite main potelée sur la fesse desséchée de Banes et l'entraîne à l'écart, loin d'Alex et de Diana.

Ces deux-là sont toujours dans l'herbe. Alex n'est vraiment pas dans son assiette, mais il est heureux que Diana soit là. C'est une très jolie femme, en vérité. Chemisier et jupe en soie, longues jambes fuselées et le reste à l'avenant. Et ses yeux ! D'un bleu… pervenche ? myosotis ? azuré ? céruléen ? Alex ne trouve pas de mot pour décrire ces yeux-là. Enfin, bref, ils sont bleus et très beaux.

Autour d'eux, un petit groupe s'est formé, tout le monde les regarde. Il est vrai que le spectacle est pour le moins insolite : deux sérieux scientifiques, pas hippies pour deux sous, l'un effondré, l'autre agenouillée.

– Je suis désolé, dit Harry. C'est tellement humiliant, cette situation.

Diana se penche pour essuyer la sueur qui ruisselle sur le front d'Alex.

– Mais non, ça arrive à tout le monde, vous savez. Ça n'a rien de déshonorant.

– J'ai l'impression d'avoir perdu tout contrôle sur mon propre corps, se lamente Alex.

– C'est important pour vous, le contrôle, n'est-ce pas ?

– Que voulez-vous dire ?

Diana hésite, elle a peur de le vexer.

– Eh bien… Une chemise propre chaque matin, lundi la bleue, mardi la rose, mercredi la blanche, jeudi les rayures… Tous les jours, une Francfort-frites, une pomme pour le dessert, à midi pile. Et puis les mots croisés, avant de se coucher…

– J'aime l'ordre, c'est vrai, l'interrompt Alex, sur la défensive. Ça vous dérange ?

– Oh, vous savez, je disais ça comme ça. Excusez-moi.

– Et je n'aime pas être malade, si vous voulez tout savoir. Ça vous surprend ?

– Non, non, s'empresse de répondre Diana.

Elle est parfois si maladroite, elle se donnerait des gifles. Elle ne sort pas assez, elle est trop sauvage, elle n'a pas l'habitude des contacts humains. Et maintenant, elle va s'enferrer un peu plus. Elle s'apprête à poser ses ravissants petits pieds dans le grand plat de la gaffe.

– Non, c'est juste que… les hommes sont si… Enfin, bon… Oublions ça.

– Les hommes sont si quoi ?

Diana respire profondément. Elle sait qu'elle ferait mieux de se taire, mais c'est plus fort qu'elle :

– Eh bien, ils sont si pathétiques, face à la douleur. Un ongle incarné et ils retournent en enfance. Avez-vous déjà songé à ce qu'endurent les femmes ? Les premières règles, ça fait mal, et ça dure jusqu'à la ménopause. Toute une vie à saigner tous les mois, le ventre et les seins gonflés, les reins en marmelade, l'inconfort, les boutons sur le nez, les crampes, le moral à zéro. Et ça, c'est quand tout se passe bien.

Alex en reste sans voix. Le Dr Reddin, si réservée, se livrer à de telles confidences, à la limite de l'indécence ! Il en est tout gêné, il ne sait quoi répondre.

– Je n'ai jamais brigué le rôle, dit-il enfin. Je bénis le ciel de n'être pas une femme.

Diana hoche la tête, embarrassée de s'être ainsi épanchée. Et puis elle sourit, et Dieu qu'elle est belle, quand elle sourit !

– Excusez-moi, il fallait que ça sorte.

Soudain, elle s'aperçoit qu'elle n'a pas cessé de caresser le front d'Alex. Elle retire sa main, brusquement. Et brusquement, Alex se sent abandonné. Perdu, en état de manque. Il aimait cette paume sur son front, si douce, si féminine, si maternelle.

Au fond, c'est la première fois qu'ils sont en tête à tête. Jusqu'à présent ils ne se sont vus qu'au laboratoire, avec leurs assistants. Et aujourd'hui, assis dans l'herbe à côté d'elle, Alex s'aperçoit que… eh bien, c'est loin d'être désagréable. Oui, n'ayons pas peur des mots : c'est même très agréable.

Il serait hypocrite de prétendre que l'un et l'autre ont oublié ce premier baiser, lorsque Diana a atterri sur les genoux d'Alex, lors de leur mouvementée première rencontre, au laboratoire. Ils y pensent tous les deux, bien sûr. Alex sent encore sur ses lèvres le contact des lèvres de Diana, si doux, et en même temps si…

Mais allons, ressaisis-toi, mon grand. Ce n'est pas le moment de tomber en amour. Même s'il s'agit de la femme la plus belle, la plus intelligente, la plus géniale, la plus sexy… C'est vrai, elle a des jambes superbes, un cou de cygne, des mains très douces. Mais il y a ce foutu protocole. La science avant tout. En plus, il vient de lui servir le plus gros bobard de sa vie, lui qui ne ment jamais. Le syndrome de Gelandesprung ! Gott im Himmel, my God, mon Dieu ! Jusqu'où ira-t-il, dans l'abjection ?

4

GRANDES ESPÉRANCES

– C'est tout à fait normal, ne vous inquiétez pas, dit Larry Arbogast à sa patiente qui l'appelle, affolée, parce qu'elle a perdu trois gouttes de sang.

Il coince le téléphone entre épaule et double menton, et se sert un martini.

– Du repos, une poche de glace sur le ventre, à renouveler toutes les heures, et rappelez-moi demain matin.

Il raccroche. Arrive dans la pièce Alex, qui remonte la fermeture Éclair de son survêtement.

– Comment va, m'man ? dit Larry en avalant une lampée de martini.

– Ce soir je ne serai pas là pour les tests de 10 heures. On verra ça demain matin. On peut extrapoler, non ?

– Où tu vas ? demande Larry, soudain moins primesautier.

– J'ai plus la forme, dit Alex.

– La forme ? Mais t'as les formes, c'est tout ce qu'on te demande, pour l'instant. Les jeux Olympiques, c'est pas cette année, mec. T'as le temps.

– Non, sérieux, Larry. Je sais bien qu'il y a des effets secondaires inévitables. Mais je ne vois pas pourquoi je n'essaierais pas de les combattre en prenant de l'exercice. Alors je vais faire un tour au gymnase-club.

– Hé ! Minute ! dit Larry, soudain inquiet. T'es sûr que c'est une bonne idée ? Les poids et haltères, je ne suis pas tellement pour, en début de grossesse.

– Eh bien moi je ne suis pas d'accord, figure-toi. J'ai besoin de me dépenser. Mais raisonnable, tu vois ? Juste quelques pompes, et les muscles des cuisses. Trois petits tours de piste, une vingtaine de longueurs dans la piscine, sans forcer. Mais si je ne me défonce pas un peu, je vais devenir dingue, tu comprends ?

Il a l'air de penser ce qu'il dit, le Grand Couillon, et Larry capitule.

– Larry ? LARRY !

Voix féminine, depuis le salon. Voix bien connue, hélas ! Larry Arbogast fait la grimace.

– Angela, qu'est-ce que tu fiches ici ?

Angela ex-Arbogast est en train de déplacer les coussins sur le sofa, l'œil furibond.

– Laisse ça tranquille, Angela !

Mon Dieu, comment une créature aussi menue, aussi jolie, peut-elle vous empoisonner la vie à ce point ?

– Tu me parles sur un autre ton, s'il te plaît.

– Je te signale que tu es chez moi, Angela. Ce n'est plus ta maison, tu ne fais plus la loi.

Angela redresse les coussins, les dispose à son goût.

– Imprimé en dessous, ensuite pied-de-poule, et cachemire par-dessus. Dans cet ordre, s'il te plaît. Ce décor, c'est moi qui l'ai conçu, et j'y tiens.

– Bon qu'est-ce que tu veux ? soupire Larry.

Il commence à en avoir ras le bol, Larry. Plein le cul. Il donnerait cher pour que ce foutu protocole Expectane soit terminé et que les dividendes commencent à remplir sa tirelire. Il compte les jours, à défaut des dollars. Enfin, plus que quelques semaines à patienter.

À cet instant, Alex Hesse traverse le living, un sac de gym sur l'épaule, cap sur la sortie.

– Angela, je te présente Alex, un collègue. Alex, Angela...

Alex étouffe un bâillement et laisse échapper un rot sonore. Le fœtus prend de l'ampleur, mine de rien, ça lui appuie sur l'estomac, ça lui donne des aigreurs et de l'aérophagie, depuis quelque temps.

– Excusez-moi. Bonsoir, Angela. Enchanté.

– Moi de même, fait Angela, sarcastique.

Larry et ses « collègues » ! Une brochette de paumés, oui ! Mais ça l'intrigue, tout de même. Qu'est-ce qu'il fait là, cet Alex, qui va et qui vient comme s'il était chez lui ?

Larry, pensif, regarde Alex qui se dirige vers la porte. Ça ne lui plaît qu'à moitié, tout ça. Pourquoi faut-il que cet abruti aille faire de la gym en ce moment ? Il devrait se la couler douce, faire la sieste, s'empiffrer de glace à la vanille, de fraises ou de choucroute. Se conduire comme une femme enceinte, quoi. Trois petits mois, bon sang, c'est pas la mère à boire !

– Vas-y mollo, d'accord ?

Alex se retourne et lance :

– Ce soir j'ai envie d'être moi-même.

Et clac, sans appel, il claque la porte derrière lui. Angela regarde Larry, perplexe.

– Il traverse une phase difficile, explique-t-il. Il va rester ici pendant quelques semaines. Bon, maintenant dis-moi, qu'est-ce que tu veux ?

– Sneller ne me plaît pas, déclare Angela. Je veux que ce soit toi qui t'occupes de moi.

Soupir.

– Angela, je t'en prie, on en a déjà discuté. Ned Sneller est un excellent gynécologue. Le meilleur.

– Non, pas question.

Larry lève les bras, exaspéré.

– Angela, ça commence à bien faire. Et le père, il est où, dans tout ça ?

Les yeux d'Angela s'embuent et elle détourne le regard, gênée.

– Je n'ai pas pu le contacter.

– Quoi ?

Elle hausse les épaules.

– Ils sont en tournée en Europe. Ou au Japon, je ne sais plus.

– Qui ça, « ils » ?

– Aerosmith.

Les bras lui en tombent, à Larry. Il n'en croit pas ses oreilles. Son ex-femme, quarante et un ans, groupie d'un groupe de rock ? Non mais je rêve !

– Tu t'es fait baiser par un de ces débiles ?

– Comme c'est joliment dit ! ironise Angela. Je te reconnais bien là.

Et de fil en aiguille, le ton monte, c'est l'escalade, comme aux derniers temps de leur mariage.

– Tu m'excuseras, mon chou, mais ça a de quoi surprendre, non ?

Angela relève le menton, sur la défensive.

– Eh bien, faudra t'y faire, mon vieux.

– C'est pas parce que tu t'es fait mettre, et dans les grandes largeurs, que j'ai besoin de m'y faire. Nous sommes divorcés, ma grande. T'as oublié, peut-être ? C'est ton problème, maintenant. Plus le mien.

Pour la première fois, Angela remarque l'annulaire gauche de Larry.

– T'as gardé ton alliance, dit-elle, surprise.

– Quoi ?

– Ta bague. Pourquoi tu la gardes ?

Pris au dépourvu, Larry hésite.

– Euh… Elle est coincée. J'ai tout essayé.

Mais ça sonne faux. Angela connaît son ex-mari comme si elle l'avait fait. Tout essayé, hein ? Sauf de l'enlever. Instinctivement, elle touche l'annulaire de sa main gauche. Elle s'est débarrassée de son alliance le jour où elle est allée voir l'avocat, pour le divorce.

– En tout cas, je ne veux pas de Ned.

Elle n'a pas l'air de plaisanter, et Larry la connaît bien, lui aussi. Têtue, sa petite ex-femme.

– Très bien, soupire-t-il. Appelle Louise demain matin. Elle tâchera de te caser dans le planning.

Angela se maîtrise : le sourire triomphant, non, ce ne serait pas diplomatique.

– Merci, dit-elle sobrement.

Et, ayant obtenu ce qu'elle voulait, elle s'en va, profil faussement bas.

– Angela ?

Sur le seuil, elle se retourne. Larry la regarde, il a une drôle d'expression.

– Je suis content pour toi.

Ces mots gentils, la façon dont il les a dits, ça la prend par surprise. Un instant, elle se demande s'il se moque d'elle. Mais non. Il a l'air parfaitement sincère. Cette fois, elle laisse s'épanouir son sourire, mais brièvement. Sourire ému, un peu timide. Elle se sent fondre, elle a déjà connu ça avec Larry, ce n'est pas pour rien qu'elle l'a épousé. Alors très vite elle se reprend et fonce vers la sortie, avant de craquer complètement.

Alex Hesse n'a pas la forme, décidément. Il se sent ballonné, boursouflé. Ça commence à le gonfler, toute cette histoire. Trois fois déjà, il a dû quitter la salle de gym en catastrophe pour aller pisser, et une fois pour aller vomir. Et quand il a attaqué ses tours de piste, il a failli s'endormir et s'étaler. Enfin, comble d'humiliation, quand il a plongé dans la piscine olympique, il n'a pas pu se retenir : il a fait pipi dans l'eau. Pour la première fois de sa vie, le Dr Alexander Hesse vient de pisser dans une piscine.

Il sort de là, moral à zéro, il a l'impression que tout le monde le regarde. Il se douche, sort, grimpe dans sa Jeep. Un vrai fiasco, cette séance au Gymnase-Club. Autant voir les choses en face : il est enceint. Enfin, encore quelques semaines et ça ne sera plus qu'un mauvais souvenir. Et la première chose qu'il fera, c'est de retrouver la forme. Promis, juré. Régime, abdominaux, poids et haltères, le grand jeu. En deux temps trois mouvements, il retrouvera sa ligne.

En attendant, il est au volant de sa Jeep, il revient chez tonton Larry. Et soudain, une envie irrésistible : il rêve d'une glace à la menthe avec des pépites de chocolat. Non seulement il en rêve, mais il en a besoin. Il se gare devant le drugstore près de Chiradelli Square. Il avait l'intention de s'acheter un cornet, il revient avec une boîte d'un litre.

Le temps passe, finalement. Plus vite que prévu. Alex entame sa douzième semaine de grossesse. Il dort beaucoup, dans la journée. Il ne travaille au labo que le soir. Il se nourrit principalement de glace à la menthe aux pépites de chocolat. Trois litres par jour, en moyenne.

Larry poursuit scrupuleusement le protocole, note chaque jour sur son portable les résultats des analyses. Lesquels se transforment en impressionnants graphiques, courbes et listings sur l'ordinateur d'Alex, dans le laboratoire de Diana. Pour l'instant, tout va bien. Le fœtus se porte comme un charme, le cocktail Expectane/hormones remplit son office.

Larry passe et repasse la sonde de l'échographe sur l'abdomen d'Alex, préalablement enduit de gel. Sur l'écran, l'image est un peu brouillée. Alex est allongé sur le lit fleuri d'Angela, chemise relevée. Pour passer le temps, il regarde la télé au pied du lit. C'est une pub, et Alex semble fasciné.

La scène se passe dans une chambre d'hôpital. Un tout jeune papa est assis au chevet de sa resplendissante jeune épouse. Elle tient dans ses bras le nouveau-né braillard, son mari est au téléphone.

– Allô ? Papa ? Oui, je sais, ça fait longtemps qu'on ne s'est pas parlé, tous les deux, mais… j'ai pensé que ça te ferait plaisir de dire bonjour à ta petite-fille.

Il a l'air mal à l'aise, mais content de parler à son père. Papa Freud, tout ça.

Nouveau plan, le grand-père, dans son salon, sourire bourru. On sent que ce n'est pas le mauvais bougre, dur à l'extérieur, tendre à l'intérieur. Violons, fondu enchaîné, voix off : « Le téléphone, pour rapprocher ceux qui s'étaient perdus de vue. »

Alex renifle, essuie furtivement une larme qui perle au coin de son œil gauche.

– Ça va ? demande Larry.

– Il voulait pas appeler son père, mais finalement il l'a fait. (Sniff.)

Larry le regarde, alarmé. Qu'est-ce qui se passe ? Qu'est-ce qui lui arrive, au Grand Couillon ?

– Allons, vieux, ressaisis-toi !

Et tip-tap-clic… Il entre de nouvelles données sur son portable.

– Je ne sais pas si je vais pouvoir tenir encore longtemps, dit Alex, larmoyant.

– Allons, courage, mon grand ! Plus qu'une semaine. On tient le bon bout…

– Excuse-moi, dit Alex. Je ne suis plus moi-même, ces derniers temps.

Larry éteint son portable et l'échographe, enfile son veston.

– Oh, à propos… (Cool, comme ça, en passant.) Je vais rentrer tard, ce soir. Ne m'attends pas.

– Pourquoi ? Où tu vas ? demande Alex, contrarié.

Il sort de la chambre, suit Larry dans le salon, jusqu'à la porte.

– Convention des laboratoires pharmaceutiques à l'hôtel Hyatt. J'ai rendez-vous avec les types de Lyndon.

– Je veux venir avec toi !

– Nan. Tu restes ici. Tu te reposes.

– S'il te plaît ! (Bras en croix, Alex bloque la porte.) J'attends un bébé et je ne veux pas rester tout seul.

Un peu inquiet, Larry se met sur la pointe des pieds et lève les bras très haut pour poser les mains sur les épaules de son associé.

– Alex ! Tu n'attends pas de bébé, O.K. ? C'est comme si tu avais avalé ton chewing-gum, rien de plus, d'accord ? Un tout petit chewing-gum.

– Mais je te dérangerai pas, supplie Alex, la larme papillotante au bord des cils. S'il te plaît. Je me sens si seul, si abandonné.

Larry pousse un gros soupir de reddition :

– Bon, ça va. Mais je t'en prie, arrête de faire ça avec tes yeux, tu vas me faire pleurer. T'as l'air plus tragique qu'un bébé phoque.

Tout content, Alex court enfiler sa chemise, attrape au vol sa cravate et son veston. Larry, lui, est déjà dans l'ascenseur.

Soirée chic et chère, sponsorisée par des laboratoires pharmaceutiques qui en ont plein les poches, genre fausses factures et futures mises en examen. Mais pour l'instant tout baigne, champagne et scotch coulent à flots, les amuse-gueule sont raffinés, le quartet de jazz et le Noir de service jouent et chantent juste. Telle la tête chercheuse d'un missile, Larry a vite repéré ses cibles. Quatre pontes de Lyndon Pharmaceuticals, costard sombre et badge au revers. Il est dans son élément, Larry, il nage comme un poisson dans l'eau. Dieu merci, Alex n'est pas en vue.

– Rien qu'aux États-Unis, ça devrait donner cinq millions d'ordonnances par an, au bas mot.

Les pontes opinent, favorablement impression-
nés.

– Mais les tests ? demande quand même un
tatillon. Vous en êtes où ? J'avais cru comprendre
que vous aviez quelques problèmes, pour l'expérimentation humaine…

Larry baisse la voix, prend des airs de conspira-
teur :

– Ça reste entre vous et moi, n'est-ce pas ? Problèmes résolus, nous aurons les premiers résultats d'ici deux ou trois semaines.

Murmures approbateurs, poignées de main discrètes.

– Oui, très intéressant. Tenez-nous au courant.

– Comptez sur moi.

Compte sur moi, et comment ! Les billets verts
s'additionnent, dans la tête de Larry, et plutôt
deux fois qu'une ! Mais juste à ce moment-là, son
sourire triomphant s'affaisse. Car il a tourné la
tête et vient d'apercevoir ce pisse-vinaigre de
Noah Banes, juste derrière lui, verre à la main,
oreille tendue. Toujours à espionner, celui-là.
Qu'a-t-il entendu ? Tests, tout ça…

– Oh… Banes ! Bonsoir ! Quelle bonne surprise !

Noah Banes lui décoche son sourire ophidien,
l'étincelle du prédateur au fond du regard.

– Vous me connaissez, Larry. Toujours une
oreille qui traîne. Pas mal, votre petit numéro
avec les gens de Lyndon. Mais que faites-vous de
la FDA ?

Ainsi, il a entendu, cet enfoiré. Tout doux, Larry, terrain glissant, vas-y sur la pointe des orteils.

– Juste un ballon d'essai. J'ai besoin de crédits, ça ne se trouve pas sous la queue d'un cheval. Alors vous savez ce que c'est (clin d'œil complice), on se vante un peu, on appâte…

Mais Noah Banes n'est pas dupe. Il y a anguille sous roche, là. Il connaît le Dr Lawrence Arbogast, il lui fait autant confiance qu'à son dentiste.

– Allons, Larry, à d'autres ! Comme disait ma grand-mère : « Je suis peut-être née de la veille, mais j'ai passé la nuit à potasser. » Il y a une femme, quelque part, qui prend de l'Expectane ?

– Absolument pas, répond Larry en toute sincérité.

Ça lui est d'autant plus facile que, pour une fois, il ne ment pas.

– Larry ! Noah ! Salut !

De l'autre côté de la pièce, Alex Hesse leur fait de grands gestes, puis joue des coudes pour venir les rejoindre, tout souriant, tout guilleret, la prunelle pétillante.

– Alex ? Où étais-tu passé ? s'inquiète Larry.

Le sourire d'Alex s'épanouit.

– J'ai fait un petit tour, après je me suis arrêté au Gym-Club, j'ai eu un massage fantastique, et ensuite j'ai fait une petite sieste, là, sur la table.

Arrive un serveur, avec un plateau de canapés.

– Ah ! des petites saucisses en croûte ! Mes préférées ! s'exclame Alex avec enthousiasme.

Et il en empile une douzaine sur une serviette en papier.

Noah Banes l'observe, perplexe. Il y a quelque chose de bizarre, là. Le Dr Alexander Hesse a l'air bizarre. Pour tout dire, il n'est pas lui-même.

– Alex, vous me semblez... Comment dire ? Radieux ! Épanoui.

Radieux, épanoui... Depuis la nuit des temps, c'est ce qu'on dit des femmes enceintes. Dans la tête de Larry, le voyant rouge s'allume. D'ici à ce que Banes additionne un et un et en conclue que ça pourrait faire deux...

– Oui, euh... bon... Alex, je crois qu'on ferait mieux d'y aller.

– You-hou ! (Voix féminine, cristalline.) Ah, vous voilà !

À quelques mètres d'eux, derrière un rempart d'invités, Diana Reddin s'étire le cou et leur fait de grands signes. Elle est superbe, dans sa robe moulante et décolletée qui révèle ses adorables épaules et son cou de cygne. Elle vient vers eux, et entre en collision avec un serveur chargé d'un plateau de verres emplis à ras bord. Le plateau vole en l'air puis atterrit dans un fracas de verre brisé et d'éclaboussures. Alex, Larry et Banes baissent les épaules et ferment les yeux. Diana, elle, n'a rien remarqué.

– On se demande par quel miracle cette femme est encore en vie, marmonne Larry.

– Elle est ravissante, ce soir, vous ne trouvez pas ? murmure Alex.

– Diana, ma chère, où étiez-vous donc ? minaude Banes.

Il tend le bras, avec la visible intention de l'enrouler autour de la taille de Diana, dans un geste de propriétaire, mais elle lui échappe en souplesse.

– Il y a la queue aux toilettes. (Sourire à l'adresse de Larry et d'Alex :) Hello, hello !

Alex lui tend non pas la main mais sa serviette en papier chargée de petites saucisses :

– On partage ?

Diana s'empare d'un minicylindre de pâte feuilletée et le gobe d'un coup.

– Ah, ch'adore ches petits machins ! mâchouille-t-elle.

– Oui, ce sont mes préférés, acquiesce Alex, tout ému de retrouver dans la bouche de Diana l'accent de ses propres ancêtres.

Diana Reddin lève les yeux, le regarde, intriguée. Alex Hesse n'est pas comme d'habitude. Il émane de lui quelque chose... Il est resplendissant.

– Vous... vous avez l'air en pleine forme, ce soir, dit-elle.

– Oui, approuve Noah Banes. Je ne vous ai jamais vu aussi... aussi enthousiaste. Vous fêtez quelque chose ?

– La vie ! s'écrie Alex en levant les bras. La vie, la musique, les amis, les petites saucisses et...

Larry lui saisit fermement le bras :

– Alex, il faut vraiment qu'on y aille.

D'un geste Alex se dégage, comme il se débarrasserait d'une mouche importune, puis il se penche vers Diana et lui dit, sur le ton de la confidence :

– Toujours sur la brèche, boulot, boulot, boulot… Et un beau jour, ciao !

– Plouf, plus personne, renchérit Diana. Du jour au lendemain, le caveau, sans préavis.

– Alors que nous devrions prendre le temps d'écouter la joyeuse mélodie de la vie, philosophe Alex.

Larry le regarde et envisage sérieusement de le faire interner ; Noah Banes se demande, tout aussi sérieusement, ce que cache tout ce cirque. Mais Diana, elle, est sous le charme.

– Exactement, dit-elle.

– Excusez-le, dit Larry à Banes. Il n'a pas l'habitude de sortir.

L'orchestre vient d'entamer *I've Got You under my Skin*, et Alex fredonne les premières mesures.

– J'ai toujours aimé cette chanson. Voulez-vous danser ?

Soudain, Diana a l'air d'un animal traqué, d'un bébé lièvre pris dans le faisceau des phares d'un chauffard, sur un chemin vicinal, en pleine campagne, en pleine nuit.

– Pardon ? dit-elle d'une toute petite voix.

– Danser… Vous savez, sur la piste, avec la musique.

– Oh. Euh… Désolée, je ne sais pas danser.

Banes se rapproche, si près qu'il peut sentir le parfum du shampooing de Diana.

– Avec moi vous saurez, dit-il, très galant. Vous aurez l'impression d'avoir dansé toute votre vie.

Ça fait des semaines qu'il essaie de draguer le Dr Diana Reddin, sans succès.

Mortifié, Alex recule, cède la place à Banes :

– En fait, je n'ai jamais dansé de ma vie, avoue-t-il, tout penaud.

C'était tout ce que voulait entendre Diana. Elle ne sait pas danser, lui non plus. Que rêver de mieux ?

– Alors allons-y !

Et, prenant la serviette en papier des mains d'Alex, elle la dépose dans celles d'un Noah Banes plutôt déconfit.

Alex entraîne Diana sur la piste, non sans marcher sur le long ruban de pécu rose qu'elle traîne derrière elle, telle une jeune mariée, accroché à son talon aiguille. Et c'est lui qui maintenant tente de s'en débarrasser. Le vrai gentleman ! Puis il prend les mains de la jeune femme dans les siennes et la fait danser – enfin, si l'on veut. Lents tours autour de la piste, à contresens et à contretemps, mais ils sont les seuls à ne pas s'en apercevoir, ils ont l'impression qu'ils dansent, et d'ailleurs qu'importe ? Jusqu'au moment où Diana casse son talon.

Elle ne dit rien, parce qu'elle n'a pas envie de rompre le charme, mais Alex ne peut s'empêcher de remarquer qu'elle a tendance à donner de la gîte par tribord. Il baisse les yeux et s'aperçoit qu'elle repose, par miracle, sur un seul talon. Sans hésiter, il enlève une de ses chaussures, pour compenser. Et les voilà tous deux qui arpentent la piste, sérieux comme des papes, absorbés par la danse, oublieux du rythme et des autres couples qu'ils n'arrêtent pas de heurter – sans compter le serveur que Diana a refailli bousculer, mais le plateau est chargé de verres vides, cette fois. Ils se mangent des yeux, se boivent du regard, complètement subjugués.

– Vous êtes très gracieux, pour un homme de votre taille.

Le choix du mot laisse sans doute à désirer, mais Alex ne s'en offusque pas. Il n'en est plus là ! Il lui sourit, elle lui sourit. Ils sont beaux, quand ils sourient. C'est un moment magique. La musique, leurs deux corps si proches l'un de l'autre, découverte un peu étonnée, plaisir de se sentir si bien ensemble. Jamais ils n'ont connu cela. Cette douceur, cette attirance timide encore, pudique. Que leur arrive-t-il ?

La musique s'arrête, mais ils restent enlacés. Se sont-ils seulement rendu compte que l'orchestre a cessé de jouer ? Non. Seuls comptent leurs yeux, bleus tous les quatre, rivés les uns aux autres (enfin bref, vous aurez compris, ils se dévorent mutuellement du regard) , et leurs mains, celles de Diana sur les épaules d'Alex, celles d'Alex sur la taille de Diana. Voilà. Ça leur est tombé dessus, sans prévenir. Ils se sont rencontrés, et… comme deux aimants, deux futurs amants, ils sont heureux, sans le savoir encore. Elle, la jolie femme, et lui, enceint jusqu'au cou.

Combien de temps seraient-ils restés ainsi, debout, dans les bras l'un de l'autre, les yeux dans les yeux ? Va-t'en savoir. Une éternité, peut-être, si Larry Arbogast n'était pas venu rompre le charme.

Il tape sur l'épaule d'Alex avec sa chaussure (pointure 45).

– Bon, Cendrillon. Faut y aller. Sérieusement.

Diana rougit, s'écarte d'Alex. Finie la romance, bonjour la réalité.

– Oui, d'accord, dit Alex à contrecœur.

Il se tourne vers sa cavalière, esquisse une sorte de révérence :

– Euh… bonsoir.

– Bonsoir, dit Diana, très doucement. J'ai bien aimé danser avec vous.

Alex n'a même pas le temps de répondre que lui aussi… Larry l'a attrapé par le col de la veste et l'a entraîné, avec la force du désespoir. Parce qu'il y a urgence. Il faut se tirer de là, et vite.

Ils attendent devant l'immeuble qu'on avance la Chrysler de Larry. Il tombe des cordes et Larry piaffe d'impatience. Alex, lui, n'a même pas remarqué la pluie. Il danse encore avec Diana, il chante sous la pluie, il fredonne *I've Got You under my Skin*. Il pourrait fredonner *I'm Dancing in the Rain*, mais non, ce serait trop facile. Du dos de la main, il se caresse la joue.

– Touche, vois comme ma peau est douce, dit-il à Larry.

– Bon, ça suffit comme ça, dit Larry d'une voix ferme. On arrête là. Banes commence à se douter de quelque chose. Et les hormones, ça ne va plus du tout. T'es à côté de tes pompes, Alex.

– Mais le trimestre n'est pas fini, proteste Alex. On a encore une semaine.

– On a toutes les données, et j'ai les types de Lyndon dans ma poche. On arrête là, mec.

Alex ne dit rien. Il a détourné la tête, il se mordille la lèvre, tandis qu'une larme lui coule le long de la joue. Larry fait semblant de ne rien voir, mais c'est plus fort que lui :

– Quoi encore ?

Alex pousse un soupir à fendre l'âme :

– Parfois, tu sais, je ne peux pas m'empêcher de me demander comment ça serait…

Le chauffeur vient garer la Chrysler le long du trottoir.

– Qu'est-ce qui serait comment ?

– D'avoir mon bébé, dit Alex, timidement.

– C'est bien ce que je disais ! explose Larry. On arrête l'expérience maintenant. Ce soir même !

Il se glisse derrière le volant et claque la portière. Alex grimpe à côté de lui et boucle sa ceinture. Ses lèvres tremblent, il est au bord des larmes.

– Je ne m'étais jamais rendu compte que j'étais aussi seul.

Larry met le contact, d'un geste furieux.

– Eh bien, achète-toi un clebs !

La Chrysler démarre en trombe.

C'est décidé, donc. Ce soir, la « grossesse » d'Alex se termine. Très simple, pas besoin de chirurgie. Il suffit d'arrêter les doses d'Expectane et d'hormones. Voilà, tout est dit. Trois mois et bye bye baby. Maintenant qu'il n'a plus besoin d'analyses quotidiennes, il n'a plus aucune raison d'habiter chez Larry. Il est temps pour lui de rentrer chez lui et de reprendre une vie normale.

Il est en train de faire ses bagages dans la chambre fleurie d'Angela ex-Arbogast. Il est étrangement silencieux. Dehors il pleut, le vent fait vibrer les vitres, le ciel est zébré d'éclairs et le tonnerre gronde. Mais Alex ne prête guère attention à la météo. Il a la tête ailleurs.

Dans la voiture de Larry qui le raccompagne chez lui, tout en montant et redescendant les rues de San Francisco, Alex est toujours silencieux. Silencieux aussi tandis qu'ils sortent ses valises du coffre, sous un déluge digne de l'Arche, de Noé et de l'Apocalypse.

Ce n'est qu'une fois dans l'ascenseur qu'il se résout à parler :

– Avec Moe, j'ai diminué les doses progressivement, pour que son organisme ait le temps de se réadapter.

Larry secoue la tête avec énergie.

– Tu n'es pas Moe, tu n'es pas un foutu singe. Et si tu veux mon avis, il faut arrêter ça tout de suite. Tu vas peut-être en baver pendant quelques jours, mais je ne veux pas risquer des complications. Tu arrêtes l'Expectane, et l'embryon va se résorber naturellement. C'est biodégradable, ces petites choses-là.

– Et je me retrouverai comme avant, dit Alex sans enthousiasme.

– Ouais, comme avant. Chouette, non ?

Larry avait oublié ce qu'était Alex Hesse, avant. Guindé, sans humour, le vrai bonnet de nuit.

Ils sortent de l'ascenseur avec les valises quand Alex a un soudain scrupule.

– Mais l'ovule ? Est-ce que la donneuse n'a pas son mot à dire ?

– Non, pas du tout, s'empresse de répondre Larry.

– Au fait, où tu l'as eu ? L'ovule, je veux dire.

Ça faisait onze semaines que Larry avait planté la petite graine Junior, et jusque-là Alex n'avait pas songé à poser la question. Larry se croyait tranquille, donc. Et voilà que le Grand Couillon se réveille ! Larry a intérêt à trouver un bobard plausible. Il n'hésite qu'une nanoseconde.

– Euh... un collègue à moi. Couvée anonyme. Il en avait un ou deux en rab.

Alex accepte cette explication sans sourciller. Il introduit la clé dans la serrure et ouvre la porte de son appartement. Avant qu'il n'ait eu le temps d'appuyer sur le commutateur, la pièce est illuminée par un violent éclair. Puis de nouveau plongée dans l'obscurité. Alex allume le plafonnier et les deux hommes posent les valises.

– C'est bon de retrouver son petit chez-soi, hein ? dit Larry d'un ton enjoué.

Mais c'est vrai que le pauvre Alex, debout au milieu de son living, a l'air bien seul et désemparé. Larry ressent une soudaine bouffée d'affection pour le Grand Couillon. Ce n'est pas le mauvais cheval, quand on le connaît. Larry se frotte les mains d'un air embarrassé.

– Bon. Bien. J'envoie les résultats aux types de Lyndon et je t'appelle dès qu'il y a du nouveau.

– O.K., dit Alex d'une voix morne.

– Bon, alors on fait comme ça. Et encore bravo.

Larry tend la main droite et Alex la serre gauchement. Puis, chose surprenante, compte tenu de leurs deux personnalités, ils s'étreignent brièvement et se donnent de petites tapes dans le dos. Si trois mois plus tôt vous aviez dit à ces deux-là qu'un jour ils seraient dans les bras l'un de l'autre, ils auraient sorti la camisole et appelé une ambulance. Et aujourd'hui les voilà, le grand danois et le petit bouledogue, en train de se faire des mamours. La vie c'est bizarre, parfois.

Soudain gênés, ils s'écartent brusquement et Larry se dirige vers la porte. Mais sur le seuil, il se retourne une dernière fois et demande :

– Ça va aller, t'es sûr ?

Alex a une boule dans la gorge, il se contente d'acquiescer d'un hochement de tête pas très convaincant. De toute évidence, il n'a pas le moral.

– Tu sais, dit Larry, qui se fait du souci pour le Grand Couillon, je pense que ce serait pas une mauvaise idée, que tu prennes un chien.

– Je suis allergique, répond Alex d'un ton lugubre.

Larry secoue la tête comme pour dire « dommage ». Alex fait un effort, réussit à esquisser un pauvre petit sourire et lève le pouce. Rassuré, Larry lève aussi le pouce puis s'en va.

Dehors, il pleut toujours à verse et ce n'est pas ça qui va remonter le moral d'Alex. En se traînant comme une âme en peine, il défait ses bagages et suspend ses costumes dans l'armoire. Avec tout autant d'enthousiasme, il se brosse les dents, enfile son pyjama et se met au lit. Le monde n'est qu'une morne plaine, et qu'est-ce qu'on fait dessus, je vous le demande ? Alex en arrive même à regretter Larry. Quand on le connaît, ce n'est pas le mauvais cheval, se dit-il.

Une fois au lit, Alex enlève sa montre, la pose sur la table de chevet et tend le bras pour éteindre la lampe. Il n'a pas envie de regarder la météo, ce soir. Il n'a même pas envie d'un chocolat chaud. Soudain, bip, bip, bip… C'est sa montre qui sonne. Le signal. Il est temps d'avaler sa dose d'Expectane. Ah, oui, mais bien sûr, ce soir c'est fini. Il n'est plus un futur papa, ni une future maman. Ce soir il redevient le Dr Alexander Hesse.

Bip, bip, bip… Alex contemple sa montre. Il est perturbé, déchiré. C'est son bébé, quand même. Trois mois, et puis hop, à la poubelle ? Oui, bien sûr, il a accepté ce contrat. Mais… Il est indécis. Finalement, il sort du lit et se dirige vers la salle de bains. Les doses d'Expectane, dans leur boîte en plastique, sont posées sur la tablette du lavabo. Il avait l'intention de les jeter dans la cuvette des vécés, mais il ne l'a pas fait. Négligence ? Inconsciente volonté ? Il ouvre la boîte. Il lui reste quelques flacons, et il les contemple, l'air grave. Comme s'ils contenaient son avenir. Et c'est le cas, finalement.

Lentement, délibérément, il sort l'un des flacons et le tient à hauteur d'yeux. Il le regarde, longuement. Il cogite, dans son cerveau les petits rouages s'activent. Il tend la main, prend le compte-gouttes.

Il va falloir que j'évite de rencontrer Larry… se dit-il.

Puis, à voix haute mais douce, s'adressant au petit être qui se développe en son sein :

– Je ne sais pas si tu es un garçon ou une fille… Alors, je vais t'appeler… Junior.

Alex Hesse avale le contenu du flacon. La plus grande décision qu'il ait prise de sa vie. En cet instant, son destin bascule. Il vient d'accepter de mettre au monde un autre être humain, une petite vie fragile dont il sera totalement responsable. En cet instant, il accepte d'aimer et de chérir cet innocent, il accepte de devenir son père et sa mère, de lui donner le meilleur de lui-même, en essayant d'éviter le pire. Cette perspective le terrifie. Curieusement, pas une seconde il n'a pensé à la science, au panthéon, tout ça…

Dehors le tonnerre gronde, et un éclair illumine soudain la chambre. Mais Alex s'en fout. Il est heureux. Incroyablement heureux.

5

DEUXIÈME TRIMESTRE

Le temps passe, mine de rien. Alex abrite non plus un grain de riz mais une patate, voire un pamplemousse. Et ça commence à se voir. Ça lui pompe son énergie, ce bébé qui grandit en lui, qui se nourrit de lui. Ça lui appuie sur la vessie, sur les reins, la rate, la vésicule, le pancréas, les intestins (le gros et le petit), enfin bref, ça le squatte. Il est tout le temps fatigué, il a mal au dos. Il a des problèmes avec ses jambes, aussi : la nuit, de terribles crampes le réveillent ; le jour, il a les chevilles qui gonflent, des varices sont apparues sur ses cuisses, ses mollets, et ça lui fait mal. Il passe le plus clair de son temps allongé sur le sofa, une bouillotte sur le ventre, une autre sous les reins.

Psychologiquement, ce n'est guère mieux : il est devenu cyclothymique, un coup ça va, un coup ça ne va plus. Comme le balancier d'une vieille horloge, son humeur va et vient : tic, tac, joie extatique, dépression extrême. Tic : il se sent fécond, créatif, indispensable, il contribue au bonheur – que dis-je ? –, à l'essor de l'humanité. Tac : il se sent con, tout bête, tout seul, abandonné – le vrai pigeon de l'humanité.

Profil bas, quoi qu'il en soit. Alex ferme sa gueule, se montre le moins possible. Il ne met quasiment pas le nez dehors, à part les heures qu'il passe devant son ordinateur, dans un coin du laboratoire de Diana. Ou celles qu'il passe à doser les doses d'Expectane, en catimini. Expectane plus hormones femelles, un gramme par-ci, deux onces par-là. Pas si facile. Le reste du temps, il reste cloîtré dans son appart. Ses seules sorties : le drugstore, pour renouveler sa provision de crème glacée. Il a laissé tomber la glace à la menthe avec pépites de chocolat, il est passé au mélange vanille-caramel. Sa consommation a augmenté de façon alarmante, il dépense maintenant autant pour les ice-creams que pour son loyer.

Chez lui, le répondeur est branché en permanence. Quand Larry Arbogast appelle, il n'a pas le choix : raccrocher ou laisser un message. Il laisse un message, Larry, toujours le même : « Salut, mec. Je m'inquiète. Rappelle-moi, tu veux ? »

Alex ne rappelle jamais. Parfois, il reste assis et écoute la voix de Larry. Il se sent triste, nostalgique. Il a l'impression d'avoir perdu un bon copain. Il est triste, mais il ne rappelle pas.

Parfois, aussi, Alex n'est pas triste, mais il s'interroge. Junior... C'est fou, cette histoire, non ? Que vont-ils devenir, tous les deux ? Qu'est-ce qu'il lui dira, à ce gamin, plus tard ? « Salut, Junior, je suis ton papa. Et ta maman… Tu vois, il faut que je t'explique, les choux, les roses, les cigognes, tout ça… c'est du pipeau. Et même, il y a plus grave... » Il s'y voit déjà : « Junior, mon fils. Non. Junior, ma fille… Enfin, Junior, mon petit… les choses de la vie, tu vois... »

Alex secoue la tête. Non, ce n'est pas vrai, c'est un cauchemar. Cet enfant, il lui faut une mère, une vraie. Mais quelle femme accepterait de partager avec lui cette pater/maternité ? Quelle femme accepterait de partager ce très intime secret ? Alex n'a pas l'habitude de mentir, c'est un être droit et honnête. Pourtant, au cours des six derniers mois, il n'a pas arrêté de dissimuler, de faire semblant, de cacher son secret. Et ça lui pèse. Il aimerait bien pouvoir se confier, s'épancher, poser sa tête sur une épaule compatissante. Et même s'apitoyer sur lui-même, verser une larme ou deux, être compris, enfin. Bref, le Dr Alexander Hesse a besoin de tendresse.

Il aime bien penser à son bébé. Souvent, il essaie d'imaginer l'avenir, il voit Junior grandir, faire ses premiers pas, apprendre à parler, à penser par lui-même. Sera-t-il un bon étudiant, doué pour les sciences, sportif, marchera-t-il sur les traces de son… pmère ? Mais peut-être que Junior est une fille ? Ça ne lui déplairait pas non plus. Dans les deux cas, il devra l'élever tout seul, être à la fois père et mère, et ça va pas être de la tarte. D'ailleurs il sait déjà ce que c'est. La solitude, il connaît. Soudain un sentiment de panique s'empare de lui, et pour le combattre il décide de se concentrer sur des problèmes plus terre à terre.

Est-ce que Junior aura besoin d'un appareil dentaire ? Alex a les dents de la chance, avec un bel espace entre les deux incisives. Ça ne l'a jamais gêné, mais il veut que le sourire de son bébé soit parfait. Il veut que tout soit parfait.

Il se voit emmenant Junior en Autriche, pour qu'il fasse la connaissance de ses grands-parents. Qu'est-ce qu'il dira à Mutti ? Que c'est un enfant adopté ? Mais si le bébé lui ressemble ? Non, mon Dieu, je vous en prie, pas une version miniature de lui-même, comme dans cet horrible cauchemar… Mais si jamais il y a un air de famille, comment l'expliquer, puisque Junior sera censé être adopté ? Qui le croira ?

Et si Junior a les yeux de sa mère ? Trouvera-t-il un jour une femme qui acceptera de devenir la mère de son bébé et qui aura les mêmes yeux que lui ? Curieusement, Alex ne cesse de songer aux yeux de Diana Reddin. Ce serait merveilleux, un enfant avec des yeux aussi clairs, aussi intelligents, aussi beaux que ceux de Diana. Mais inutile de se leurrer : il n'a jamais vu chez une autre femme des yeux aussi beaux que ceux de Diana.

Quant à ses relations avec elle, les choses n'ont guère progressé. Ils s'en tiennent à des rapports de stricte courtoisie. Ils partagent un laboratoire et Diana commande sur son propre budget les produits chimiques dont Alex a besoin, mais ça ne va pas plus loin. C'est Alex qui en a décidé ainsi. Il se rend délibérément inaccessible, émotionnellement et physiquement.

Bon, voyons un peu ce qui se passe de l'autre côté. Si Diana Reddin a attendu un coup de fil après leur danse ce soir-là, deux mois et demi plus tôt, si elle a espéré qu'ils sortiraient ensemble et que leurs relations deviendraient plus intimes, jamais elle ne l'a montré. Elle cache sa déception avec classe et dignité.

Mais si elle est capable de faire bonne figure en public, elle ne peut se mentir à elle-même. Ce qu'elle ressent pour Alex est plus qu'une simple passade. Il semble posséder tout ce qu'elle a toujours désespéré de trouver chez un homme. Intellectuellement, il est son égal, et ce n'est pas tous les jours qu'elle rencontre un partenaire à sa hauteur. Il est animé de cette même ferveur – qui tourne presque à l'obsession – pour le travail et la recherche. Il a les mêmes ambitions, les mêmes rêves qu'elle : il ne recherche ni le profit ni la gloire, il veut le bien de l'humanité.

Mais Alex Hesse est aussi étonnamment sensible, pour un homme dont on ne peut nier la virilité. Il a ce côté fragile qui attire les femmes, et qui contraste avec son corps d'athlète. Mon Dieu, ces épaules larges, ce ventre plat... quand elle y pense, Diana se sent toute chose. Inutile de se mentir : cet homme-là l'attire physiquement. En d'autres termes, elle a envie de lui. Elle en meurt d'envie.

Mais, bon, si ça ne doit pas se faire, eh bien tant pis. Elle ne va sûrement pas se jeter à sa tête.

Elle se contentera d'être elle-même, douce, généreuse, attentionnée – et un peu farfelue, parfois.

Alex, quant à lui, reconnaît que Diana est une personne très spéciale ; son intelligence, alliée à sa maladresse occasionnelle, en fait quelqu'un d'unique, qui l'attire irrésistiblement. Jamais encore il n'a ressenti cela pour une femme, cette espèce d'attrait magnétique, qui va bien au-delà de leurs rapports professionnels et des points qu'ils ont en commun en tant que chercheurs.

Mais il est contraint de mettre ses sentiments en veilleuse. Sa condition physiologique – les changements radicaux qui s'opèrent en lui – lui interdit pour le moment toute relation intime avec une femme, quelles que soient les exigences de sa libido. De temps en temps, au laboratoire, il sent le regard de Diana posé sur lui et, quand il lève les yeux, il la surprend en train de l'observer d'un air mélancolique. Mais dès qu'elle s'aperçoit qu'il l'a vue, elle lui sourit, un peu gênée, et s'empresse de se replonger dans ses éprouvettes.

Alex se l'est juré : dès que toute cette histoire sera terminée, dès que Junior sera devenu une réalité, il donnera libre cours à ses sentiments pour Diana. Il rattrapera le temps perdu, il se fera pardonner. Mais pour l'instant, pour quelques mois encore, il doit cacher à la fois son état et ses émotions.

Les semaines passent, et Alex se retranche de plus en plus du monde extérieur. Il est dans un cocon qu'il a lui-même tissé, comme le placenta qui entoure son fœtus, le protège, le nourrit.

Toute l'attention d'Alex est concentrée sur la jeune vie qui se développe en lui. Junior est son secret, sa joie, son bonheur.

Alex est devenu très émotif, il pleure pour un rien, surtout quand il regarde à la télé les pubs pour papier-toilette ou assouplissant, celles où l'on voit d'adorables chérubins sur le pot, ou enveloppés dans des serviettes de bain douces comme des plumes. Il écoute du Mozart et du Brahms pour que Junior soit bercé par une musique belle et apaisante. Il reste des heures à contempler les photos de bébés dans les magazines, à étudier la layette dans les catalogues de vente par correspondance. Il lit beaucoup : *J'attends un heureux événement, Comment bien vivre sa grossesse, J'élève mon enfant, Le bébé est une personne*… Il lit même des articles sur l'accouchement sans douleur et sur l'allaitement, alors qu'il sait que malheureusement, Junior ne pourra venir au monde que par césarienne et que jamais il n'aura la joie de lui donner le sein.

Physiquement, Alex Hesse n'a plus les mêmes symptômes qu'au début. La fatigue, cette constante envie de dormir qu'il ressentait les premières semaines, a fait place à une douce langueur ; ses mouvements sont ralentis, comme ceux d'un plongeur en eau profonde. En revanche, il a tout le temps mal aux reins, il souffre de migraines, d'aérophagie, de flatulences. Et ses lectures lui ont appris qu'il n'est pas au bout de ses peines. Bientôt viendront la constipation, les hémorroïdes, les brûlures d'estomac. En plus des lombalgies, migraines et flatulences précédemment citées.

Et, bon sang! il est toujours fourré aux toilettes. Il a sans arrêt envie de pisser, c'est normal, c'est Junior qui appuie sur sa vessie. Sans compter les bouffées de chaleur; parfois la sueur ruisselle sur son front, lui coule dans le dos, comme ça, sans prévenir, alors qu'il ne fait même pas chaud.

Aujourd'hui, Alex est assis, comme d'habitude, devant son ordinateur. Il transpire abondamment. Sur l'écran une silhouette humaine tourne lentement. De profil, on aperçoit un abdomen extrêmement enflé. Alex tape la légende: *21ᵉ semaine de traitement.* Soudain il entend un bruit bizarre. Il lève la tête, se retourne et voit Diana Reddin qui pénètre dans le labo en chantant!

– « Joyeux anniversaire, joyeux anniversaire... »

Elle pousse un chariot de laboratoire sur lequel trône – ou plutôt s'affaisse – un énorme gâteau. Entreprise artisanale, de toute évidence, exécutée avec beaucoup d'ingrédients et de bonnes intentions mais un talent culinaire relativement limité. Même les bougies donnent de la gîte: penchées les unes contre les autres comme des ivrognes, elles pleurent des larmes de cire chaude sur le glaçage du gâteau.

Derrière Diana et son chariot s'avance une étrange procession. Larry Arbogast, Alice, Jenny et Arthur et, au premier rang, ouvrant la marche sur leurs jambes arquées, Minnie et Moe. Tout ce petit monde chante: « Joyeux anniversaire », y compris les chimpanzés, bien que dans leur cas les paroles donnent plutôt quelque chose du genre « Eek, Urp. Chirr chirr chirr » et qu'ils aient une nette tendance à confondre les *do,* les *ré,* les *mi,* les *fa et cætera.*

– « Joyeux a… (petit couac) … nniversaire, cher Alex... »

Clap clap clap, concert d'applaudissements.

Alex est ému jusqu'aux larmes (ce qui, en ce moment, n'est pas rare). Quelle attention touchante. Voilà de vrais amis ! Il se lève pour remercier… mais ne se redresse pas complètement. Il se tient voûté, il porte un jogging et un vaste sweat-shirt destiné à masquer ses rondeurs.

– Comment l'avez-vous su ? demande-t-il.

– J'ai regardé dans votre dossier, avoue Diana, rayonnante.

– Et vous avez fait le gâteau vous-même ! s'extasie Alex.

Diana considère son œuvre, qui évoque plus Hiroshima après la bombe qu'un gâteau d'anniversaire.

– Je suis désolée, les ingrédients ont subi une légère mutation, s'excuse-t-elle.

– Bon anniversaire, mon vieux, s'exclame Larry, jovial. Tu te fais rare, ces derniers temps.

– Je… j'ai eu beaucoup de travail.

Il reste évasif, mais il est heureux de voir Larry, en un sens. Il l'a évité volontairement, mais ces dix dernières semaines ont été plutôt tristounettes. Larry, son énergie et son optimisme lui ont manqué. Finalement, il l'aime bien, ce petit bonhomme – ou sont-ce les hormones femelles qui le rendent sentimental ?

– Il a bon dos, le boulot ! Tu ne vas quand même pas me faire croire que t'étais occupé au point de ne même pas pouvoir me passer un coup de fil ! Je t'ai laissé je ne sais combien de messages.

Alex hausse les épaules :

– J'ai des journées bien remplies.

– Allons, intervient Diana, les bougies vont refroidir. Faites un vœu !

Alex essuie les gouttes de sueur sur son front, ferme les yeux, et souffle toutes les bougies d'un coup. Son vœu ? Junior, bien sûr. Que tout se passe bien, que son bébé aille bien. Il sourit à Diana :

– Ça a l'air délicieux.

Diana le regarde, l'air inquiet.

– Alex, vous transpirez comme un cheval de course. Vous êtes sûr que ça va ?

– Il fait un peu chaud, vous ne trouvez pas ?

– Non, dit Larry Arbogast. Et redresse-toi, mon vieux !

Il a le sourcil froncé, un terrible soupçon vient de l'effleurer.

Alex vacille, rouge comme un coq ; de grosses gouttes de sueur se forment sur son front et lui tombent dans les yeux, coulent le long de ses joues.

– Lumbago, marmonne-t-il. Mais je te jure qu'il fait chaud, ici.

Il faut qu'il enlève son sweat-shirt, sinon il va s'évanouir, il le sent.

– C'est l'émotion, à cause de votre anniversaire ? suggère gentiment Diana.

Mais Alex ne l'a pas entendue, il se débat avec son sweat-shirt, bras en l'air, l'encolure coincée sur les oreilles. Enfin il se décoince, il réussit à passer sa tête, mais le T-shirt est venu avec. Et soudain apparaît, exposé à la vue de tous, le ventre d'Alex, rond et dodu. Un ballon de foot. Une vraie pastèque.

– Wouah ! s'esclaffent Jenny et Arthur.

– Bon, le gâteau, c'était peut-être pas une bonne idée, dit Alice. Vous devriez faire une impasse sur les desserts, pendant quelque temps.

– Mon Dieu ! s'exclame Diana.

– Oh, merde ! dit simplement Larry.

Soudain deux et deux font quatre, il a pigé, ses pires craintes se sont réalisées. Le Grand Couillon est enceint, quasiment jusqu'au cou.

Furieux, Larry. Il attrape Alex et l'entraîne hors du laboratoire. En principe, il n'est pas de taille et il ne fait pas le poids mais en cet instant, il est comme le bourdon : théoriquement trop lourd pour décoller, d'après les scientifiques, et pourtant il vole, parce que les principes de l'aérodynamique, il n'en a rien à cirer.

Larry, donc, pousse Alex sur le siège passager de la Chrysler, démarre en crissant des pneus, direction le CLS, où il a l'intention d'examiner ce mâle en cloque. De son côté, Alex reste calme, il est assis sagement à côté de Larry, il tripote la ceinture de sécurité qui lui scie l'abdomen.

– Mais t'es givré, ou quoi ? hurle Larry.

Alex relève le menton :

– Je veux mon bébé, annonce-t-il, têtu borné.

– *Il veut son bébé !* Mais je rêve ! Dites-moi que je rêve !

– Je sais ce que me dicte mon cœur, je sais ce qui est bien, ce qui doit être sera, énonce placidement Alex.

– *Ce qui doit être ?* (Larry est aussi violet qu'une aubergine, une grosse veine bat sur sa tempe.) Dieu sait où le placenta s'est accroché. Tes organes vitaux sont en danger, tu joues avec ton système hormonal, ton système nerveux… Mais putain, bordel, tu risques ta vie !

– M'en fiche, dit Alex. (Mais sa lèvre inférieure tremble un peu.) Je veux mon bébé.

Larry appuie à pieds joints (oui, les deux) sur le frein, la Chrysler s'encastre littéralement dans la place de parking réservée au nom du Dr Lawrence Arbogast. Et il s'éjecte de la voiture comme un diable hors de sa boîte. Alex, lui, sort dignement, calmement, et suit le docteur, qui ne cesse de fulminer :

– Non mais c'est pas vrai ! Tu crois que t'es le premier clown à penser : « Hé, je m'ennuie, pourquoi pas faire un môme » ? Et tu crois que ça se fait comme ça, sans risques, sans dommages ?

– Je n'ai jamais dit ça, proteste Alex. Pourquoi es-tu si négatif ?

Larry s'immobilise et lève la tête vers Alex, poings sur les hanches.

– Hé ! Réveille-toi ! Redescends sur terre, mon vieux. T'es un mec ! Tu bouleverses les lois de la nature. Les mecs ne font pas d'enfants, ils laissent ce soin aux nanas. Ça fait partie de nos privilèges, à nous, les hommes. Ton papa t'a pas expliqué les choses de la vie, quand t'étais petit ?

Cette fois, Alex en a assez. Ce n'est pas le mauvais cheval, mais trop, c'est trop.

– Écoute, si tu n'as pas envie de m'aider, eh bien dis-le tout de suite ! Mais épargne-moi tes sermons.

Larry l'a saisi par la manche et tente de l'entraîner vers l'entrée du CLS, mais Alex a planté ses talons dans le macadam et résiste, ce qui met un terme ferme et définitif à leur progression. Une dernière fois, il tente d'expliquer à Larry ce qu'il ressent :

– Si seulement tu pouvais essayer d'imaginer une seconde la joie qu'il y a à porter un enfant, tu comprendrais.

Soudain Larry prend conscience de l'attroupement qui s'est formé autour d'eux. Les gens regardent ce couple étrange et écoutent leur conversation, fascinés. Il grince des dents :

– C'est toi qui vas m'écouter ! Tu as complètement perdu la boule, mon pauvre Alex. Enfin, si on peut dire, en l'occurrence. Maintenant, tu vas arrêter tes conneries et venir avec moi !

Au prix d'une bonne décharge d'adrénaline, Larry parvient à entraîner Alex à l'intérieur du bâtiment et le guide avec autorité vers son bureau. Alex le suit docilement, tel un prisonnier qui vient de passer aux aveux.

Comme d'habitude, le service de Larry est bondé. Dans la salle d'attente, des dizaines de femmes plus ou moins enceintes (plutôt plus, d'ailleurs). Louise, assise derrière son écran IBM, a entendu Larry et Alex dans le couloir. Et elle n'en croit pas ses oreilles.

– Écoute, si je peux mener ce bébé à terme, ce sera un miracle. Et j'ai bien l'intention de nourrir, d'aimer et d'élever ce bébé miracle. Je veux lui donner toutes ses chances dans la vie, je veux lui léguer ma force, tout ce que j'ai en moi. Et qui m'en empêchera ? Sûrement pas toi.

Larry ouvre la porte de la salle d'attente. Des dizaines de paires d'yeux se braquent sur eux. Une paire pour la réceptionniste, les autres pour les femmes enceintes, l'une et les autres ébahies. Sans se démonter, Larry, le roi de l'improvisation, leur fait son numéro de charme :

– Mesdames, désolé de vous faire attendre. J'en ai pour une minute.

– Docteur Arbogast ? dit Louise, timidement. Votre femme – euh, votre ex-femme. Elle vous attend dans la salle d'examen. Elle a rendez-vous. C'est vous qui êtes en retard.

Merde. Angela ! Larry l'a oubliée.

– Bon, je la prends. (Puis, se tournant vers Alex :) Assieds-toi, je reviens.

Alex Hesse s'assied sur une chaise, dans un petit coin, jambes écartées, mains posées sur son ventre rebondi.

– C'est vrai, quoi, qui m'en empêchera ? murmure-t-il.

Les parturientes le regardent, perplexes. Puis se tournent vers Larry. Elles attendent une réponse.

Larry leur décoche son sourire le plus rassurant.

– Ne vous inquiétez pas. Il n'est pas dangereux. Il pense qu'il est enceint. Un cas tout à fait intéressant, en fait. C'est l'hôpital psychiatrique qui me l'envoie.

L'une des femmes se penche vers sa voisine et murmure :

– Mais il a vraiment l'air enceint !

Larry, qui l'a entendue, est prompt à réagir :

– Autosuggestion. Réaction psychosomatique. Incroyable, n'est-ce pas ?

Sourire affectueux à l'adresse d'Alex, le sourire condescendant du savant génial à l'égard de son cobaye favori. Et zoom, il disparaît dans son bureau, laissant Alex en proie à la curiosité d'une douzaine de congénères.

Dans la salle d'examen, Angela est déjà installée, fesses à l'air, talons dans les étriers. Elle a pris de l'ampleur, son bedon protubère. Dès qu'elle aperçoit Larry, elle jette un ostensible coup d'œil à sa montre en or.

– Ah ! Angela, content de te voir, lance Larry.

Il s'approche, pose sa main sur l'abdomen rotond de son ex, une ou deux palpations rapides, et :

– Bon, tout est parfait. Tu peux te rhabiller.

– Quoi ? s'indigne Angela. C'est tout ? Mais je suis venue pour que tu m'examines !

Larry se tortille, un peu gêné quand même.

– Désolé, j'ai une urgence sur les bras, dit-il en l'aidant à descendre de la table d'examen. Louise va te donner un autre rendez-vous.

– Et moi, je compte pour des prunes ? Je ne suis pas une urgence ?

Elle a l'air tellement déçue, blessée, désemparée.

– Mais non, ma chérie. Enfin, je veux dire, mais si. Mais là, tu vois, c'est un cas de force majeure.

Il préfère s'arrêter là. Il lui tend sa petite culotte et son chemisier, vire le Sopalin froissé de la table d'examen, en étale une couche fraîche. D'habitude, l'une de ses infirmières vaque à ces basses besognes, mais là, le temps presse. En plus, c'est top secret, pas envie de voir traîner des subalternes.

– Tu vas rester là pendant que je me rhabille ?

– Angela ! Tu m'excuseras, mais… je t'ai déjà vue à poil, je te signale. Rassure-toi, je ne vais pas te sauter dessus. J'ai d'autres chattes à fouetter.

Bon, d'accord, c'est un peu vulgaire, comme réplique. Mais Larry ne fait pas dans la dentelle, on le sait. En plus, pour une fois, il dit vrai.

Un peu vexée, quand même, elle fait la moue.

– Bon, d'accord…

Larry sort de la pièce, le feu aux fesses, et Angela se rhabille, plutôt déprimée. En fait, elle s'attendait à trouver un Larry prêt à se jeter à ses pieds. Ou tout au moins un Larry nostalgique et attentif, voire attentionné. Un ex-mari encore amoureux, quoi. Elle est très déçue, Angela. Elle enfile sa petite culotte, et elle se dit que décidément, les hommes… Pas un pour relever l'autre.

Dehors, dans la salle d'attente, les futures parturientes jettent des coups d'œil discrets en direction d'Alex. C'est un cas, quand même! On se croirait dans un feuilleton télé.

– Hum, hum, se risque une des patientes. C'est pour bientôt?

– Vingt et une semaines, répond Alex, timidement.

– C'est votre premier?

– Oui, admet timidement Alex.

– Vous avez pensé aux prénoms? demande une autre encloquée.

– Junior.

– Junior, c'est joli, comme prénom, approuve la dame.

Oui, mais si c'est une fille? Cette pensée frappe Alex de plein fouet. Est-ce qu'on peut appeler sa fille Junior? Mais il n'a pas le temps de s'interroger plus avant: Larry pointe son nez dans l'entrebâillement de la porte et lui fait signe d'entrer.

Alex enlève son T-shirt et s'allonge sur la table d'examen, pendant que Larry branche l'échographe. Puis il enduit le ventre gonflé d'Alex du gel translucide et froid, et passe la sonde dans tous les sens, tout en surveillant l'image du fœtus sur l'écran.

– Voilà les pieds, les jambes... Incroyable!

– Mais vrai, complète Alex, qui sourit aux anges.

Il se tord le cou pour regarder l'écran. Tout d'abord il n'aperçoit qu'une sorte de magma, un camaïeu de gris avec quelques touches de blanc et de noir. Et puis il finit par distinguer une sorte de petit poisson qui flotte dans son placenta. La photo est floue, mais terriblement émouvante. Une vague de bonheur lui submerge le cœur. C'est la première fois qu'il voit son bébé, son Junior.

– Le truc qui ressemble à un collier de perles, là, c'est la colonne vertébrale, commente Larry. Et là, c'est la tête.

Alex tend un peu plus le cou. Effectivement, on reconnaît bien la forme d'un crâne, plutôt gros, pour une minuscule petite bouille. Le visage de Junior ! Quelle merveille ! Sa joie doit être contagieuse, car Larry Arbogast, lui aussi, paraît ému. Il tripote un bouton, et soudain un bruit sourd, régulier et rapide, résonne dans la pièce.

– Le cœur, dit Larry.

– Mais il bat trop vite ! s'inquiète Alex, vraie mère poule.

– Cent quarante. Parfaitement normal, le rassure Larry.

Ensemble, fascinés, ils écoutent battre ce cœur miniature, puis Larry arrête l'appareil et s'assied derrière son bureau. Il se frotte les tempes, fronce les sourcils, réfléchit.

– En fait, tout est parfaitement normal, dit-il, plutôt perplexe. Si l'on oublie le fait que ce môme n'a pas de mère. Ou plutôt, que son père est aussi sa mère.

Et, très grave, tout à coup :

– Alex, si jamais ça transpire, on est dans de beaux draps. Toi on t'expose dans les foires, et moi je suis bon pour faire la manche dans le métro.

Alex perd son expression extatique et devient sérieux, lui aussi :

– Rien ne se saura. Je sais que ce n'est pas juste, pour toi. Et que c'est dangereux pour nous deux. Mais je veux ce bébé, et j'ai besoin que tu m'aides.

Larry Arbogast est assis, il réfléchit. Il a le choix. Il peut se lancer dans la plus grande aventure de sa vie – mis à part son mariage avec Angela, et quand on voit le résultat... Il pousse un profond soupir :

– D'accord. Mais tu reviens t'installer chez moi.

– Mais...

– Y a pas de « mais ». C'est à prendre ou à laisser. Ce qui t'attend, c'est pas du gâteau. Alors autant t'y faire dès maintenant.

Dans la petite tête de Larry, ça tricote des rouages. Alex et lui, ils mettent le pied dans des terres inexplorées. Une forêt vierge, s'il l'on peut dire. Un miracle médical. Les mois à venir, produit surgelé ou pas, ça ne va pas être de la tarte. Mais si lui, Larry Arbogast, arrive à mettre au monde le bébé d'Alex, par césarienne, imaginez ! Le scoop, le pactole assuré...

Alex, quant à lui, est sur une tout autre longueur d'onde. Il est soulagé. Il n'est plus seul avec son secret. Il a un médecin avec lui, un médecin qui est aussi son ami. Et dans quelques mois, avec l'aide des dieux et de l'Expectane, il aura son Junior. Larry est un excellent obstétricien, Alex lui fait confiance, aveuglément.

– D'ac, dit Alex.

Et avec ces trois petites lettres (sans compter l'apostrophe), le Dr Alexander Hesse accepte de prendre le Dr Lawrence Arbogast, non pas pour époux mais pour médecin accoucheur et coconspirateur, pour le meilleur et pour le pire. Il s'engage non pas à l'aimer et le chérir jusqu'à ce que mort s'ensuive, mais à lui obéir jusqu'à l'avènement de Junior, et c'est déjà pas si mal.

Alex descend de la table d'examen et renfile son T-shirt.

– Comment tu te sens ? demande Larry, très professionnel. Rien de neuf ? (Soudain, il se frappe le front :) Oui, bon, excuse-moi.

Alex, sérieux comme d'habitude, a pris la question à la lettre.

– Eh bien, j'ai noté que les symptômes propres à une gestation normale sont amplifiés par le traitement à l'Expectane. Nausées matinales, sautes d'humeur, somnolence, appétit sexuel décuplé…

Larry lève une main.

– Pardon, tu peux répéter ?

Alex hoche la tête, gravement.

– Hier, je plongeais ma cuillère dans un melon bien mûr, et j'ai eu un fantastique *Steifen*.

Inutile de traduire. Larry ferme les yeux. Mon Dieu, ça va être plus dur que prévu ! Il vient de s'engager à jouer les baby-sitters pour un *Homo erectus* morfale, obsédé sexuel, et enceint. Maman ! Au secours !

Un mois plus tard. Noah Banes, directeur du département scientifique de l'université, est assis à son bureau. Devant lui, des feuilles éparses, des piles sur le point de s'écrouler. Il ne sait plus où donner de la tête. Il pianote fébrilement sur sa calculette, bigre, bigre... Enfin, merde. Il a fait ses calculs, il se tapote les incisives du bout du stylo, songeur. Ça ne lui donne pas l'air très intelligent, d'ailleurs. Puis il referme la bouche, pince les lèvres, repose son stylo et appuie d'un geste rageur sur la touche intercom pour convoquer son assistante.

– Samantha, n'ai-je pas coupé les crédits du projet Expectane il y a six mois ?

– Si, monsieur.

Banes lui brandit sous le nez une liasse de papiers.

– Alors expliquez-moi pourquoi figurent sur le compte du Dr Reddin des commandes de produits en rapport avec l'Expectane ! Qu'est-ce qu'elle nous mijote ? Elle est avec ces deux-là, ou quoi ?

– Euh... je ne sais pas, monsieur.

Les petits yeux gris acier de Banes étincellent.

– Bon, vous m'éclaircissez cette affaire, et vite fait, si vous tenez à rester parmi nous.

Samantha opine du bonnet, se retire modestement et referme doucement la porte derrière elle.

Ça magouille, dans le labo de la petite Reddin, se dit Banes. De cela il est sûr, C'est un fin limier, Banes, c'est pas à un vieux chimpanzé comme lui qu'on va apprendre à grimacer. Arbogast et Hesse préparent un coup fourré, ça c'est sûr. Un enfant dans le dos de la FDA, et de l'université, par la même occasion. Et de Noah Banes, par ricochet. Oui, décidément, ces deux-là, il faut les surveiller de près. Et dès maintenant. Quant à Diana Reddin, elle joue quel rôle, là-dedans ? Elle est dans quel camp ? Au début, elle la branchait bien, cette nana. Il s'est porté candidat. Mais elle l'a snobé. Alors basta ! qu'elle aille se faire voir ailleurs.

En attendant, s'agit de s'occuper des deux larrons. S'ils ont l'intention de faire quoi que ce soit d'illégal, ou de contraire à la déontologie, sans parler des histoires de budget… Qu'ils fassent ce qu'ils veulent avec leurs propres deniers. Le reste…

À moins que… À moins que… Qui sait ? Ils sont peut-être sur un coup fumant, ces deux enfoirés. Et ce serait plutôt dommage de prendre le train en marche. Cling, cling… il entend déjà tomber les thunes dans l'escarcelle, le sieur Banes. Et les honneurs. Pourquoi pas ? Alex Hesse est un génie, dans son genre. Et Arbogast a le sens des affaires. À eux deux, ils sont capables du meilleur comme du pire. Et si cette fois, c'était le meilleur ? Et si avec l'Expectane, ils allaient gagner le gros lot ? Ça serait dommage, quand même, que l'université rate le coche.

Il s'y voit déjà, Noah Banes. Prix Nobel, tout ça… À moi les brassées de lauriers. L'Expectane, mesdames et messieurs, l'Expectane, sans moi, n'existerait pas…

Bon, bref, c'est simple :

a) Que mijotent ces deux-là ?

b) Toi, Banes : t'es l'universitaire-parapluie-retraite, peinard, ou t'as des couilles et tu prends des risques ?

De toute façon, les risques sont limités. Si ça foire, coup de fil à la FDA, exit les Dr Alex Hesse et Larry Arbogast. Grillés, les siamois, bonjour Noah. Quoi qu'il arrive, tu pars gagnant…

6

BANES

Alex entame maintenant son troisième trimestre. Les jours se traînent, lui aussi. Sur les instances de Larry, il reste allongé une bonne partie de la journée et se morfond comme une âme en peine. Le travail lui manque, le labo et aussi Diana, et les chimpanzés. Quand il sort du lit, il glandouille. Il manie le chiffon à poussière, il cire, il astique... Il dévore *Femmes de demain*, *Nous Trois*, *Travaux d'aiguille*... Le matin il regarde *Télé-madame*, l'après-midi, la larme à l'œil, il se gave de soaps, boîte de Kleenex et paquet de chips à portée de main.

Pour l'instant, Alex passe l'aspirateur dans le salon, le sans-fil coincé entre épaule et menton.

– Oui, je comprends. Je suis un peu déçu, c'est tout. C'est la troisième fois cette semaine que tu me fais le coup. C'est triste de dîner tout seul. (Il écoute, et puis :) Bon, ne rentre pas trop tard. Oh,

à propos, n'oublie pas ma glace. Menthe et chocolat. Merci, à toute.

Alex vient à peine de raccrocher qu'on sonne à
la porte. Il débranche l'aspirateur et va ouvrir. Sur
le seuil, le Dr Diana Reddin, adorable, grande et
mince, chemisier en soie et jupe noire, cheveux
un peu emmêlés par la brise vespérale de San
Francisco. Elle tient à la main une liasse de
papiers.

– Hello, dit-elle timidement.

Alex est si heureux de la voir qu'il lui sauterait
au cou, s'il s'écoutait. Mais il n'est pas comme ça,
Alex. Il est bien élevé, alors il dit simplement :

– Oh ! Diana !

En fait, il pensait justement à elle, quand elle a
sonné. Du genre qu'est-ce qu'elle fait en ce
moment ? est-ce qu'elle pense à moi ? Et il était
triste, parce que Diana n'avait pas donné le
moindre signe de vie alors que lui ne peut la chasser de son esprit. Et voilà qu'elle est là, devant lui !
S'il savait ce qu'est le bonheur, Alex, il serait bien
obligé de reconnaître que c'est ce qu'il ressent en
ce moment. Mais il est si naïf.

Diana n'est pas tellement plus douée que lui, il
faut dire.

– Oui, c'est moi, balbutie-t-elle.

Ils se regardent, aussi gênés l'un que l'autre.
Long silence, et puis Diana lui tend le dossier.

– Quelqu'un du labo m'a donné ça pour vous.

– Ah. Merci. Quelqu'un ? Mais qui ?

Diana rougit, baisse les yeux.

– Eh bien… Non, je vous ai menti. C'est un pré-texte. En fait, j'avais envie de vous voir.

– Eh bien, je suis heureux de vous voir, moi aussi. Mais je vous en prie, entrez.

Il s'efface pour la laisser passer, il sent le parfum de ses cheveux brillants et fraîchement lavés, et soudain il s'inquiète : est-il à la hauteur ? Elle arrive, fraîche et rose, et lui, en plein ménage, l'aspirateur et tout…

Diana jette un coup d'œil discret. Vaste living, bien meublé, immaculé (grâce à Alex).

– C'est très généreux de la part du Dr Arbogast, de vous accueillir ainsi. C'est sûrement un très brave homme, malgré les apparences…

– Oui, dit Alex. Il fait de son mieux.

– Et vous ? Comment ça va ?

Ce syndrome de Gelandesprung, ça la turlu-pine. À vue de nez, il ne va pas très bien, le Dr Hesse. Il a grossi, de façon très localisée. S'il continue comme ça, il va devenir l'un de ces Stru-deldogs qui font la risée de son village. Et puis, sa peau… Elle a l'air si douce que Diana lui deman-derait la marque de sa crème hydradante, si elle osait.

– Ça va, merci.

– Vous avez l'air, euh… fatigué, mais… épa-noui, en même temps.

– Oui, dit Alex. Je me sens… Comment dire ? Très vivant. Mais je vous en prie, asseyez-vous.

Il désigne le sofa fleuri d'Angela, et Diana y dépose son mignon petit derrière. Ce faisant, elle laisse traîner derrière elle des effluves de shampooing parfumé... De quoi rendre fou notre pauvre Alex. D'autant qu'il détecte, derrière le chèvrefeuille et le muguet, des relents bien plus familiers et tout aussi excitants : comme un petit fond de désinfectant, ça sent le labo, mon Dieu ! le boulot, sa vie – bouffée de nostalgie...

– Est-ce que vous croyez en la réincarnation, les vies antérieures, ce genre de trucs ? demande soudain Diana.

– Non.

– Moi non plus. Alors ça doit être autre chose.

– Pardon ?

Alex est perplexe. Il n'est pas sûr de très bien suivre. De quoi parle-t-elle au juste ?

Diana le regarde, l'air très sérieux.

– J'ai cette impression bizarre. L'impression de vous connaître.

– Mais on se connaît, dit Alex. Vous êtes le Dr Reddin, je...

– Non. Enfin... Non, ce n'est pas ce que je voulais dire. C'est plus compliqué que ça. C'est comme si on s'était déjà rencontrés... avant.

Elle ne sait pas comment exprimer ce sentiment étrange. Elle fronce les sourcils, se penche en avant et son chemisier s'entrouvre légèrement. Alex aperçoit par l'échancrure un petit bout de dentelle. Hypnotisé, il se rapproche, les yeux rivés sur le galbe si tentant de ses seins.

Où auraient-ils pu se rencontrer auparavant, et quand ? Ça la tarabuste, Diana, comme un caillou dans sa chaussure.

138

– Je suis née à Djakarta, dit-elle soudain. J'ai vécu en Angleterre jusqu'à l'âge de cinq ans. Dans le Kent. La Cornouailles chaque été… C'est ma poitrine que vous lorgnez ?

– Je suis né en Autriche, répond Alex. À… Gelandesprung.

– Patrie des Strudeldogs, sourit Diana.

– Euh… exact.

Il s'est souvenu juste à temps de l'énorme bobard que Larry et lui ont fait gober à Diana. Il se rapproche encore un peu, enivré par le parfum de ses cheveux et le petit morceau de dentelle qui semble le narguer. Elle est terriblement sexy, même si elle n'en est apparemment pas consciente.

– Je ne suis jamais allée à Gelandesprung, alors ça ne peut pas être ça.

Elle passe en revue les différentes étapes de sa vie, essayant de retrouver l'endroit où ils ont pu se rencontrer. Il y a quelque chose de familier chez lui, elle a le sentiment qu'ils ont quelque chose en commun, et c'est bien plus profond que l'attirance intellectuelle et physique qu'il exerce sur elle.

– J'ai visité Salzbourg, autrefois. Délicieux chocolats, ravissants coucous… Ou bien est-ce que…

Elle s'interrompt, soudain consciente du fait qu'Alex Hesse se comporte bizarrement. De toute évidence, il n'a pas écouté un mot de ce qu'elle vient de dire.

– MMmmmmm, commente Alex, comme s'il avait suivi la conversation, alors que depuis dix minutes son corps envoie à son cerveau des messages non codés qui se situent plutôt au-dessous de la ceinture.

– Alex ?

– Hmmmmmmm ?

– Vous êtes tendu.

– Oui.

Il peut difficilement le nier.

– Pourquoi ?

Alex serre les cuisses, il ne sait plus où se mettre.

– Est-ce que mon corps vous dégoûte ? demande-t-il enfin.

– Mais pas du tout ! J'aime bien les hommes un peu rembourrés.

– Vraiment ?

Encouragé par sa réponse, il se sent soudain beaucoup mieux. Elle lui sourit, et Dieu qu'elle est belle quand elle sourit !

– J'ai été follement amoureuse de mon cousin pendant des années, et il était franchement replet, confesse Diana.

– Alors peut-être que c'est… physique ? suggère timidement Alex.

– Physique ?

– Oui, cette chose, entre nous.

– Oh, mais c'est évident ! Il m'arrive, comme ça, sans raison, de ressentir cette terrible inquiétude à votre sujet. Je me fais du souci pour votre santé. C'est très curieux, je…

Soudain elle s'aperçoit qu'Alex la regarde d'une façon qui n'a rien d'équivoque, et qui n'a rien à voir avec la médecine ou la science.

– Oh ! Oh, vous voulez dire… le sexe ?

– Oui, avoue Alex, voix étranglée.

Diana reste songeuse un moment.

– Je n'avais pas envisagé les choses sous cet angle-là. Mais… oui, bien sûr ! Oui, ça doit être ça.

Son visage s'éclaire : le problème est résolu, plus de caillou dans sa chaussure. Elle s'adosse au canapé, un bras replié au-dessus de la tête, dans une pose alanguie qui est un appel au baiser, si jamais il en fut. Décidément, même chez les intellectuels, le corps est plus doué que le cerveau, quand il s'agit d'exprimer l'évidence.

Attiré comme le clou par l'aimant, Alex se rapproche encore.

– Oui ? murmure-t-il, sans oser y croire.

– Oui.

– Oui, dit Alex dans un souffle, et il se penche vers elle, lentement, comme dans un film au ralenti.

Leurs lèvres hésitent, puis s'effleurent, dans un baiser très doux, pas vraiment un baiser, plutôt une caresse. Ils ne vont pas plus loin, ils s'écartent l'un de l'autre et se regardent dans les yeux – de si près qu'ils en louchent, mais au stade où ils en sont, ce n'est pas ça qui va casser l'atmosphère. Non, au contraire. Ce que chacun lit dans le regard de l'autre, c'est la plus vieille histoire du monde et, comme tous les amoureux, ils ont l'impression de l'avoir inventée. Et soudain les barrières s'écroulent, la digue se rompt. Comme deux affamés, ils se jettent l'un sur l'autre. Ils s'embrassent à en perdre haleine, se mordillent, se tâtent, se touchent, se picorent, se lèchent, se goûtent goulûment. Ça fait si longtemps qu'ils en avaient envie, sans oser se l'avouer.

Ils sont si insatiables, si pressés que, membres emmêlés, ils en perdent la tête – et l'équilibre, par la même occasion. Chavirés, ils passent par-dessus bord et se retrouvent sur la moquette, derrière le canapé. Boum ! Mais rien ne peut stopper leur élan. Lit, divan, tapis, qu'importe ? Qu'importe le plancher, quand on vise le septième ciel ?

Fébrilement, ils se dépouillent de leurs vêtements. Je veux sentir ta peau sous mes paumes, ton pelage sous mes griffes, tes pectoraux contre mes seins, mes mains dans le creux de tes reins, tes cuisses entre les miennes... Tout ça dans l'ordre et le désordre. C'est la passion, en un mot. Et la passion ça n'attend pas.

Eh bien si. Il y a des gens qui n'ont pas de bol, dans la vie. Parce que juste à ce moment-là...

... la clé tourne dans la serrure, la porte s'ouvre.

– Larry ? Tu es là ? C'est moi...

Angela.

Étalés derrière le canapé, Alex et Diana se séparent. Ça fait comme un bruit de soie qu'on déchire, ce sont leurs deux cœurs déchirés... (Non, soyons réalistes : la vie ce n'est pas comme dans les romans, c'est bien plus réaliste : ça fait plutôt comme le bruit d'une ventouse qui vient de déboucher l'évier.) Fébrilement, une fois de plus –

mais là c'est moins drôle –, ils tentent de se redon-
ner une contenance, reboutonnent chemisier,
rebouclent ceinture, zip, doigts écartés en coup de
peigne dans cheveux échevelés…

– Hello, dit Alex, un peu gêné quand même,
tête qui émerge du dossier du canapé.

Angela fronce le sourcil, le considère d'un air
suspicieux.

– Oh ! Vous êtes encore là, vous ? Où est Larry ?

– Il est sorti.

– Ça ne vous dérange pas que je l'attende ?

– C'est-à-dire que… en fait, si.

S'il y a une chose que souhaite Alex en cet instant, c'est bien de voir disparaître Angela Arbogast. Qu'elle aille se faire voir, aux antipodes si
possible.

– Ah ! ben c'est pas votre jour de chance !

« J'y suis, j'y reste », se dit Angela. (C'est la seule
phrase qu'elle a retenue de ses cours de français
au lycée, ça l'avait marquée, elle avait trouvé que
c'était une bonne philosophie, dans la vie.) De
toute façon, il a quelque chose de pas net, ce type.
Il s'incruste, ou quoi ? Larry, ce n'est pas le genre
Mère Teresa. Alors pourquoi il accepte d'héberger
ce gus ?

Et puis, il y a autre chose. Les coussins sur le
canapé sont tout chamboulés. Et… ma parole ! il y
a quelqu'un d'autre, là, derrière.

La tête de Diana émerge à son tour. Ce n'est pas
Sarah Bernhardt, Diana, mais là, elle se surpasse.
Elle se frotte l'œil et s'exclame :

– Ça y est, je l'ai trouvée !

Et elle mime le geste de remettre en place sa lentille de contact. Sourire en prime, un peu forcé, pas franchement crédible. D'autant que son chemisier est boutonné de travers et pas bien rentré dans sa jupe.

– C'est qui, celle-là ? demande Angela.

Diana se redresse, rajuste sa tenue et, très digne :

– Dr Diana Reddin. Il faut que je m'en aille, vraiment. Je suis déjà très en retard.

Plus que désappointé, carrément démoli, Alex la suit jusqu'à la porte :

– Non ! Je vous en prie ! J'ai une chambre pour moi tout seul…

Diana secoue la tête, lui plaque un petit bécot sur la joue :

– Une autre fois, peut-être.

Et voilà. Exit Diana. Sortie très réussie. Rideau.

Alex se tourne vers Angela, non pas furieux mais plutôt l'air d'un tout jeune orphelin. Solitude, souffrance physique, il est habitué. Et maintenant, pour corser le tout, frustration sexuelle ! Ça fait beaucoup pour un seul homme. Ils se toisent, se jaugent… Ils ont quand même une chose en commun : un ventre passablement proéminent. Chez Angela, on comprend tout de suite. Elle, en revanche, ne sait pas qu'Alex attend cet événement que l'on dit heureux. Elle pense tout simplement qu'il doit forcer sur la bière. Pourtant, il y a décidément quelque chose de bizarre, chez ce type. Ce Dr Alexander Hesse n'a pas l'air d'un pochard. Il y a quelque chose chez lui qui attire la sympathie.

Non, ce n'est pas la bière. Ce garçon a des problèmes. Elle le sent, quelque part elle en est sûre.

– Puis-je vous offrir quelque chose ? demande Alex. Une camomille ?

– Euh...

Angela hésite, puis :

– Ma foi, pourquoi pas ? Oui, avec plaisir.

Elle le suit jusqu'à la cuisine.

– Et j'ai ces délicieux sablés pur beurre, ça vient de Belgique...

Une heure plus tard, Angela et Alex sont les meilleurs amis du monde, ça papote, ça s'échange des confidences. Ils ont un terrain d'entente, il faut dire : tous deux ont envie de bouffe antidiététique, les travers de porc du traiteur du coin, empoisonneur notoire, ça baigne dans une sauce à vous en boucher les artères dans la demi-heure qui suit, et aussi les champignons noirs du Chinois d'à côté, livraison gratuite, ils ont téléphoné, il leur fallait absolument ces champignons noirs, plus caoutchouteux et gluant tu meurs, mais ils se sont régalés, ils en ont encore plein les babines. Ils ont aussi fait une razzia dans les placards : ketchup, mayonnaise, cornichons, ratatouille... Ils sont perchés, chacun sur son tabouret, dans la cuisine, ils en sont au dessert. Autour d'eux, barquettes vides, papiers gras... Doigts et moustaches englués, ils sont heureux, et c'est tant mieux.

– Je reprendrais bien une petite cuillerée de cette glace au caramel, dit Angela, les yeux gros comme le ventre, et ce n'est pas peu dire.

Alex attrape la boîte en plastique, à l'aide d'une cuillère à soupe lui remplit un bol à ras bord, et Angela ne proteste pas. Elle plonge sa petite cuillère dans son bol, tandis qu'Alex se sert une plus que généreuse portion de céréales, qu'il surmonte d'un monticule de pépites de chocolat, le tout arrosé d'un demi-litre de lait demi-écrémé. Le lait, c'est bon pour ce que j'ai, se dit-il. C'est du calcium, c'est bon pour Junior. Il en a besoin, pour ses petits os et ses futures dents.

– Elle a l'air sympa, dit Angela, le regard en coulisse. C'est sérieux, vous deux ?

Alex pose sa cuillère, pèse ses mots.

– J'en suis à un tournant de ma vie, vous savez. Alors… j'y vais doucement.

– Oui, vous avez raison, approuve Angela. Il reste des travers de porc sauce barbecue ?

Il regarnit une assiette, la tend à Angela. Dans la foulée, s'en sert une aussi, et ils mâchouillent de conserve, silencieux, à part le bruit des mandibules. Mais soudain, Alex lui demande :

– Et vous ? Je veux dire… le père ?

Gros soupir.

– Oh, je n'ai pas entendu parler de lui depuis… enfin, depuis le bébé… Vous savez, les hommes…

– Quel salaud ! compatit Alex. Vous pouvez me passer le chou-mayonnaise ?

Il pioche directement dans le saladier, enfourne une énorme fourchettée, alors qu'il n'a pas fini d'avaler sa dernière bouchée de travers (de porc, sauce barbecue).

Angela hausse les épaules.

– Vous savez, je ne suis pas surprise. Je n'attendais rien de lui. Mais surtout, comprenez-moi bien : je suis heureuse d'avoir ce bébé. Seulement, je n'ai plus dix-huit ans, je suis seule… Ce n'est pas tous les jours facile…

– À qui le dites-vous ! soupire Alex.

Angela le regarde, un peu étonnée.

– Enfin, je veux dire… Oui, je vous comprends.

Angela déglutit, prend une autre bouchée, réfléchit.

– Vous savez, vous me faites penser à une femme enceinte. Ces envies, cette façon d'engloutir n'importe quoi, sucré salé, dans le désordre…

Gloup ! Alex se sent très mal, tout à coup.

– J'aime expérimenter, côté culinaire. La cuisine « américaine » est plutôt ennuyeuse, vous ne trouvez pas ? Hamburgers, hot dogs, tout ça…

Il n'a pas besoin de poursuivre, d'improviser plus avant : Angela vient de pousser un « Ouch » et se plie en deux. Au même instant, Alex, lui aussi, étouffe tant bien que mal un grognement de douleur.

Angela se redresse, s'excuse :

– Désolée. Le bébé fait des siennes.

– Ne vous excusez pas, dit Alex, qui vient de subir un violent coup de pied de Junior.

– Mais vous ? Qu'est-ce qui ne va pas ?

– Phénomène d'empathie, explique Alex.

Elle le regarde, sourit.

– On se connaît à peine, Alex, mais vous m'avez l'air bien sympathique.

– Oh, vous savez, vous n'auriez peut-être pas dit ça autrefois. J'ai changé, ces derniers temps.

Et ça, c'est la litote du siècle.

Six mois. Alex est enceint de six mois bien tassés. Il ne rentre plus dans ses pantalons, les boutons de ses chemises sautent l'un après l'autre. Il convient d'agir et Larry, toujours très pragmatique, l'entraîne au centre commercial, rayon « Hommes forts ». Enseigne néon clignotante : SALUT SUPERMAN ! En dessous, en plus petit et sans clignotants : « Toutes tailles, du 48 au 55 ».

Tête basse, bras ballants, en un mot, humilié, Alex est là, au milieu d'une travée, tandis que Larry passe en revue les fringues, sort un cintre, le remet en place. Pauvre Alex ! Pourquoi ne pas aller s'habiller chez Prénatal ? Robe de grossesse, sac à patates, il en est là. Les seuls rayons de soleil dans sa vie, ce sont les grosses bouffes avec Angela. Mais ça, bien sûr, il ne peut pas en parler à Larry. Sinon, et c'est bien plus important, les fois où il voit Diana. Là, le secret est insupportable, il faut qu'il se confie à son pote Larry. Après tout, c'est son meilleur ami, faute de mieux. Il prend un 501 (W 55, L 50, eh oui, à San Francisco on trouve toutes les tailles de Levi's), il prend donc ce jean de géant des mains de Larry et s'enferme dans la cabine d'essayage.

– Elle me plaît drôlement, tu sais. Et je crois bien que je lui plais aussi.

– Qu'est-ce qui te fait dire ça ? demande Larry, tout en cherchant d'autres tenues à la taille de son copain.

Alex émerge, vêtu d'une chemise de sport genre hawaiien qui flotte sur son jean. Larry, qui possède un sens inné de l'esthétique et s'habille italien, réprime une grimace. Alex a l'élégance d'une vache sur le point de vêler.

– Elle m'a dit qu'elle aimait bien les hommes un peu rembourrés, précise Alex. Et elle m'a embrassé.

Larry hausse les épaules.

– Ouais. Peut-être qu'elle voulait être gentille avec toi. Elles sont comme ça, tu vois. Tiens, un exemple : Angela. On est au tribunal, jugement de divorce et tout. Et c'est elle qui l'a voulu, je te rappelle. Bon, bref, on est là, devant le juge, et tout d'un coup les grandes eaux : « Oh, Larry, jamais je ne trouverai un gentil garçon comme toi ! » Tu vois… Parce que pendant ce temps-là, madame signe les papiers, sans oublier de vérifier le montant de la pension alimentaire. Alors je vais te dire, mon grand. Les femmes, tu sais, moins on en a, mieux on se porte.

Il est amer, Larry. Ça se sent. Il ne peut pas comprendre.

– Mais peut-être qu'elle m'aime bien ? insiste Alex. Pourquoi t'es toujours aussi négatif ?

– Ah, ah ! Bon, admettons. Elle est folle dingue amoureuse de toi. Mais toi, mon gros, tu t'es regardé une seconde ? Tu t'imagines, l'histoire d'amour ? T'es pas en état, mec. Reconnais au moins ça. Redescends sur terre !

Mais justement, Alex n'a pas envie de redescendre. Il plane, sur son petit nuage.

– Je commence à croire au destin, dit-il, songeur. Mon bébé, pour commencer. Et maintenant, je trouve la femme de ma vie. Ça ne peut pas être un hasard. Ça fait partie d'un plan. C'est de la prédestination. Tu crois que je devrais consulter un psy ?

Larry en reste sans voix. Non, mais franchement, un tel ramassis de conneries ! On croit rêver !

Alex s'observe dans le miroir en pied. Il se regarde de profil et, de nouveau, la dépression s'empare de lui.

– Je suis gros. Je suis énorme. Je déteste mon corps.

À cet instant se pointe le vendeur, un petit bonhomme rondouillard, tout sourires, jovial.

– Vaut mieux faire envie que pitié, dit-il avec un clin d'œil complice sur le ventre d'Alex.

– C'est un peu large à la taille, proteste Alex.

– Vaut mieux voir grand, dit Larry. Ça nous évitera de revenir la semaine prochaine.

– Oui, tu as peut-être raison.

– Bravo, voilà ce que j'aime entendre ! exulte le vendeur tout en additionnant les chiffres sur son calepin à souches.

Alex, lui, est pensif, les yeux toujours fixés sur l'image que lui renvoie la glace. Et, franchement, il se trouve difforme. Il est fragile psychologiquement, alors ça le déprime.

Sur le chemin du retour, ils s'arrêtent au supermarché. Les quantités de bouffe qu'Alex peut ingurgiter chaque jour, ça laisse Larry pantois. Les trois quarts des Américains sont au régime ; Alex, lui, mange comme un régiment.

Larry, cependant, n'achète pas n'importe quoi. Des fruits, pour les vitamines, des yoghourts zéro pour cent, pour le calcium, des fibres, pour la constipation. Légumes verts, sucres lents, blancs de poulet, filets de saumon… Rien que des choses saines, Larry est devenu expert en diététique. Docile, Alex le suit le long des allées, et ajoute subrepticement dans le Caddie ses propres choix : paquets de chips, beurre de cacahuètes, biscuits apéritif parfumés paprika, biscuits chocolat double face, mayonnaise et ketchup… En règle générale, tout ce qui est rose, gras et gluant, plein de colorants et garanti 100 % cholestérol. Bref, je vous laisse imaginer, ce n'est pas ça qui manque dans les rayons des supermarchés.

Ils font la queue à la caisse et, au dernier moment, Alex lance dans le Caddie le *National Enquirer* et le *Star*.

– J'aime bien les horoscopes, dit-il comme pour se disculper.

Avec un gros soupir, Larry sort de sa poche deux billets de cinquante dollars, plus trois billets d'un dollar, plus quelques pièces.

Ils sont dans la voiture, maintenant. Encore quelques kilomètres jusqu'à l'appartement. Mais non. Alex a envie d'une glace (ça faisait long-temps !). Résigné, Larry se gare en stationnement interdit sur Ghiradelli Square et court chercher une boîte de deux litres et demi de Double Fudge Rocky Road. Pas très diététique, tout ce caramel sur une glace vanille, mais enfin, comme ça Alex restera peut-être tranquille jusqu'au dîner.

Ils arrivent à la maison. Larry vide le coffre de la Chrysler ; sacs empilés jusqu'au menton, il titube dans l'allée. Derrière lui trottine Alex, avec sa boîte de glace, emballage polystyrène, et tout le monde sait que ça pèse son poids, le polystyrène.

Mais soudain, Alex ouvre la bouche, comme pour crier. Sauf qu'il ne crie pas vraiment, il pousse une sorte de grognement, il laisse tomber sa boîte.

– Bon, ça suffit, dit Larry. T'es même pas capable de porter ça ?

– Me bouscule pas ! pleurniche Alex. Ne crie pas après moi !

– Je ne crie pas. Si je criais je dirais : ÇA SUFFIT, ENFOIRÉ ! T'entends la différence ?

– Non, je t'en prie, dit Alex. C'est pas ma faute. C'est Junior. Il vient de me donner un coup de pied.

– Qui ?

– Junior.

Larry devient soudain très pâle. En un éclair, il revoit ce conteneur en acier, l'azote liquide, les éprouvettes, l'étiquette « Junior ». Comment Alex a-t-il deviné ? Non, c'est impossible, c'est une coïncidence !

– D'après les bouquins que j'ai lus, il faut parler au bébé. Et comme je ne sais pas si c'est un garçon ou une fille, je l'appelle Junior. Pourquoi ? Ça ne te plaît pas, comme prénom ?

– Non, rien. Laisse tomber.

Mais Alex est sensible, mine de rien. Il a détecté comme une réticence, chez son copain.

– Rien, mon œil. Toi, tu me caches quelque chose.

Larry se tortille, essaie de cacher son jeu, justement.

– Non, c'est juste que... le collègue qui m'a refilé l'ovule, tu sais ? Eh bien, il l'avait appelé « Junior », tu vois ? Comme ça, pour rigoler. Marrant, non, comme coïncidence ?

Tout en parlant il se débat avec les sacs en papier kraft, qui débordent de provisions et menacent de s'écrouler.

– Mais c'est qui, ce collègue ? Je le connais ?

– Non. (Larry pense dur ; c'est la tuile, faut trouver une réponse crédible.) Non, tu ne le connais pas.

Ce n'est pas franchement la vérité vraie, mais ce n'est pas non plus un total mensonge. Après tout, ce n'est pas *un* collègue, c'est *une* collègue.

– Mais comment tu peux en être sûr ? demande Alex. Je connais plein de gens, dans le métier.

Larry commence à transpirer. Mon Dieu, mon Dieu, quand il se met à être curieux, Alex...

– Euh... j'en sais rien. Est-ce que tu connais... euh... Stan ? Stan Mulwray ?

Aucun risque, il se la joue facile, là, le petit père Larry. Il n'existe aucun Stan Mulwray.

– Non, admet Alex. Mais quand même, cet ovule, on ne peut pas savoir d'où il vient ?

– Non ! (Cri du cœur.) Je te l'ai dit, c'était un don anonyme.

Larry a les mains moites, le sac du supermarché commence à glisser.

– Dis donc, Alex, ça t'ennuierait d'ouvrir ? Je suis en train de me choper une hernie.

Alex sort sa clé, et sursaute. Là, installée sur l'une des chaises de la véranda, à demi cachée par le treillage de la vigne, une silhouette attend. Noah Banes. Ses petits yeux brillent comme deux olives noires.

– Quel charmant tableau familial ! susurre-t-il. Il ne manque plus qu'une chère petite tête blonde.

Hum. Alex et Larry échangent un bref coup d'œil. Danger ! Va falloir jouer serré.

– Banes, dit Larry, glacial. Que voulez-vous ?

– Je n'ai pas pu m'empêcher d'entendre la fin de votre petite conversation, dit Banes avec le sourire d'un boa constrictor qui vient d'apercevoir une gerboise bien dodue. Un don d'ovule, hein ?

Larry et Alex s'efforcent de prendre l'air idiot, entrent dans la maison et déposent les sacs de provisions dans la cuisine. Noah Banes déplie son mètre quatre-vingt-dix-huit (tout en longueur, rien en rondeurs) et les suit, sans y être invité.

– Don d'ovule ? fait Alex, l'air du martien qui débarque.

– Pas au courant, conclut Larry tout en déballant les provisions.

– Allons, je vous ai entendus ! proteste Banes.

Alex se gratte le crâne.

– Don d'ovule ? Don d'ovule ? Ah, j'y suis ! Vous avez dû mal comprendre. « Ton bidule ». C'est ça que vous avez entendu. On avait cette petite discussion, Larry et moi. Il a absolument voulu acheter ce gadget idiot, qui coûte les yeux de la tête, en plus. Et moi je n'étais pas d'accord.

– Mais si, Alex, je te jure, tu verras, c'est pas un bidule, comme tu dis. Ni un gadget. C'est un truc génial. Avec ça, la lessive sera un vrai plaisir.

– Et alors ? De toute façon, la lessive c'est ton job. Moi c'est la vaisselle…

Ils improvisent comme ça pendant quelques minutes. Finalement, pour noyer le poisson, ils sont plutôt doués, ces deux-là. Oui, mais… Est-ce que Banes l'a bien avalé ? Y compris les arêtes ? Pour l'instant il les dévisage, l'air soupçonneux.

– Les listings du labo montrent que vous avez poursuivi la production d'Expectane. Et là, voyez, j'ai l'impression que quelque chose m'échappe. Vous pourriez m'éclairer, peut-être ?

Le ton est onctueux, mais il est facile d'y détecter comme une menace sous-jacente. Banes est un sale con, mais ce n'est pas un imbécile.

– Euh… c'est que… balbutie Alex. On termine le protocole avec les chimpanzés.

Noah Banes sourit, un sourire à vous glacer la banquise.

– Allons, messieurs ! Pas de ça avec moi ! J'ai vérifié, figurez-vous. Les singes n'ont rien pris depuis l'arrêt du projet.

– En vérité… commence Alex.

Et puis la tuile. Le trou noir. Pas la moindre inspiration. Qu'est-ce qu'on pourrait bien raconter à cet enfoiré ? Alex décide de passer la main à Larry.

– Dis-lui, toi.

Les petites cellules grises de Larry Arbogast s'activent comme un hamster sur sa roue.

– Nous… euh… on avait des stocks de stéroïdes en rab, alors, plutôt que de laisser tout ça se perdre, on a décidé…

– … de terminer le lot en cours, complète Alex. Comme ça on aura de l'Expectane sous la main quand la FDA donnera son accord pour la suite des essais…

– On ne savait pas trop quelle serait la position de l'université, alors…

– Mais, bien entendu, on est d'accord pour rembourser, si on a dépassé le budget, conclut fermement Alex. C'est une question d'argent ? Pas de problème. Affaire réglée.

Mais ce n'est pas l'avis de Banes. Pour lui, l'affaire est loin d'être réglée. Primo, cette histoire de « bidule », c'est un peu tiré par les cheveux, non ? Il n'est pas sourd, il est sûr de ce qu'il a entendu. Deuzio…

Bip… Bip… Bip… C'est la montre d'Alex. L'heure de la potion magique.

– Excusez-moi, dit-il, et il s'éclipse.

– C'est quoi, ça ? demande Noah Banes à Larry.

– Je ne sais pas, Banes. Et je ne vois pas non plus en quoi ça vous regarde. Vous écrivez un bouquin ?

Les petits yeux perçants de Banes suivent Alex qui grimpe l'escalier. Il se passe quelque chose, là-haut. Quelque chose qu'on cherche à lui cacher. Il se tourne vers Larry qui range les provisions, très cool.

– Vous voulez que je vous dise ce que je pense ? Je suis prêt à mettre ma main au feu que vous avez une femme enceinte, ici même. Une grossesse traitée à l'Expectane.

Ouf !

– Désolé de vous décevoir, répond Larry, mais vous vous trompez.

Banes secoue la tête.

– Ça m'arrive très rarement.

Puis il décide de changer de tactique et reprend la manière douce :

– Écoutez, Larry, je suis de votre côté. Si vous avez pris quelques libertés, enfin… vous voyez ce que je veux dire…, je peux vous aider. L'université, la FDA, c'est mon domaine. J'ai de l'influence, je peux plaider votre cause. L'important, c'est le travail. La recherche. La science…

Larry sait qu'il est sur le fil du rasoir. Il a intérêt à trouver le ton, là. Pas le moment de chanter faux. Il laisse en plan ses bocaux de beurre de cacahuètes, ses paquets de chips et autres victuailles et, se tournant vers Banes, le regarde droit dans les yeux :

– Noah, écoutez-moi bien. Je ne parle pas chinois, j'articule, alors ouvrez vos grandes oreilles : il ne se passe rien ici.

De nouveau Banes secoue sa petite tête, de droite à gauche, de gauche à droite, l'air très déçu. (Pas mauvais comédien, lui non plus.)

– Comment voulez-vous que je vous aide si vous refusez de me mettre dans le coup ?

Ayant ingurgité sa dose d'Expectane, Alex redescend l'escalier. Bref coup d'œil à Larry, du genre : « Il est encore là, celui-là ? »

– Bon, eh bien, merci d'être passé, dit Larry.

– À la prochaine, sur le campus, plaisante Alex.

Ils l'entraînent vers la porte, mais le directeur du département scientifique de l'université n'est pas décidé à partir. Il y a anguille sous roche, il le sent, et il a bien l'intention de soulever ladite roche.

– Puis-je utiliser la salle de bains ?

– Là-haut, dit Alex en désignant l'escalier.

Noah Banes ne se le fait pas dire deux fois et grimpe allégrement, tandis que Larry et Alex finissent de ranger dans les placards de la cuisine les provisions de bouche d'Alex.

– Tu crois qu'il nous a crus ? chuchote Alex.

– Mais j'ai dit la vérité ! Il n'y a pas de femme enceinte ici.

Noah Banes s'arrête devant la porte de la salle de bains et jette un coup d'œil alentour. Dans la cuisine, Larry et Alex bavardent et semblent l'avoir oublié. L'occasion rêvée, la chance à saisir !

À pas de loup, Banes monte jusqu'au deuxième étage.

La première chambre est celle de Larry, apparemment. Dans l'armoire, costumes larges et courts. Rapide inspection, rien d'anormal. Bon, passons à la chambre suivante. Banes, telle Boucle d'Or et les Trois Ours...

Et là, bingo ! Papier peint à fleurs, rideaux à fleurs, coussins à fleurs... Oui, c'est la chambre d'une femme, à n'en pas douter. Quel mec pourrait vivre au milieu de toutes ces fleurs sans attraper le rhume des foins ? Et... la pièce à conviction ! *Les* pièces à... Sur la commode, bien rangé, tout le matos : stéthoscope, tensiomètre, échographe, j'en passe, et des meilleures. C'est donc ici que ces deux arracheurs de dents planquent leur cobaye. Je me demande combien ils la paient, se dit Banes.

Elle doit bien se trouver quelque part, à l'étage, parce que Alex s'est précipité dès que sa montre a bipé. Manifestement pour lui administrer sa dose d'Expectane. Sur le palier, il y a une autre porte. Une seconde salle de bains, sans doute. La femme est là-dedans, à coup sûr.

– Sortez, madame, chuchote Banes.

Pas de réponse, alors il tourne la poignée... La porte n'est pas fermée à clé, il l'ouvre brusquement. Personne. C'est bien une salle de bains, mais inoccupée.

Bon. Donc, elle est partie faire un tour. Qu'importe, pour tout détective digne de ce nom, une salle de bains est pleine d'enseignements. L'armoire à pharmacie, c'est le miroir de l'âme. Ce serait dommage, quand même, de ne pas en profiter pour en faire l'inventaire.

Des flacons de vitamines – intéressant, mais insuffisant. Crème contre les vergetures – encore plus intéressant, mais toujours insuffisant, Votre Honneur. Quoi d'autre ? Banes ouvre un tiroir, en sort une boîte métallique qu'il pose sur le bord du lavabo. Ah ! Voilà qui est mieux ! Des petits flacons, sans étiquette. Il en sort un, l'approche de la lumière, l'ouvre, renifle. Hum… Passionnant.

Banes rebouche le flacon et le glisse dans sa poche. Il s'apprête à partir, pas mécontent de lui, quand son œil tombe par hasard sur la petite poubelle blanche. Pas mal non plus, la poubelle, pour un fouille-merde. Flacons vides. Noah Banes en empoche un. Et voilà le travail ! Analyses au labo, tests comparatifs… Qu'importe le flacon, pourvu que… Si le vide correspond au plein, Banes a mis en plein dans le mille ! Quelqu'un ici prend une médication. Et Banes est prêt à parier son plus beau nœud pap qu'il s'agit d'Expectane.

Il a trouvé ce qu'il cherchait. Il surprend son reflet dans le miroir et s'adresse un sourire d'auto-satisfaction. Ouais, mec, t'es bon. C'est toi le meilleur !

7

JUNIOR

Alex s'admire dans la glace, de face, de profil. Pas mécontent. Costume croisé, assez ample pour masquer ses rondeurs. Oui, pas mal, se dit-il en redressant le nœud de sa cravate en soie, importée d'Italie, achetée pour l'occasion. Ultime coup de peigne, grand sourire, oui, ça va, dents blanches, haleine fraîche... Il prend un mouchoir propre dans le tiroir de la commode et allons-y !

Tchac ! Tchac ! Tchac ! C'est quoi, ce bruit bizarre ? Ça vient de la chambre de Larry. Intrigué, Alex passe la tête dans l'entrebâillement de la porte.

– Je dîne avec Diana, annonce-t-il. À plus tard.

– Ouais, c'est ça. À plus tard...

Assis sur son lit, Larry tire une de ces tronches...

Et tchac ! tchac ! il balance des fléchettes sur un poster accroché sur le mur d'en face. Curieux, Alex entre, tend le cou. Sur le poster géant, un groupe de rock en pleine action.

– C'est qui ? demande Alex.

– Aerosmith.

Tchac ! une autre fléchette atteint le guitariste en plein cœur.

– Qu'est-ce qu'ils t'ont fait ? T'aimes pas leur musique ?

Sur le visage de Larry Arbogast, combat serré entre rage et désespoir. Finalement, c'est le désespoir qui l'emporte.

– Pendant sept ans, j'ai tout essayé, avec Angela. Nib, nada, j'ai pas pu la mettre enceinte. Et puis un de ces clowns se pointe, tire son coup... Une seule nuit, tu vois, bonjour madame, au revoir madame... et ça y est. Mission accomplie. Je vais te dire, c'est pas juste.

Tchac, tchac, deux autres fléchettes atteignent la cible.

Alex examine le poster. Jeans moulants, cheveux jusqu'aux reins, maquillage de scène... Difficile d'imaginer la petite-bourgeoise Angela, toute propre sur elle, tissu à fleurs et tout, avec l'un des bozos.

– C'est lequel ?

Larry lance une autre fléchette et pousse un gros soupir.

– Sais pas. Rien à foutre.

Mais de toute évidence, il joue les fanfarons. Soudain Alex se sent très proche de lui. Il n'a jamais vu Larry sous ce jour-là, il n'a jamais pensé que son pote pouvait avoir des états d'âme, des problèmes personnels. Comme quoi on peut se tromper, n'est-ce pas ? Alex n'est pas le fan des confidences, il fuit l'attendrissement comme la fièvre jaune, mais il craque, là.

– Tu l'aimes encore ? demande-t-il doucement.

– Non. Non, bien sûr que non, répond Larry, sans grande conviction. Je suis bien content que ce soit fini, c'était plus possible. C'est juste cette histoire de môme qui m'a... Enfin, tu vois, je ne peux pas m'empêcher d'y penser. Enfin, bref. Passe une bonne soirée. À plus tard, d'ac ?

Tchac. En pleine tronche, au mec d'Aerosmith. Le dernier du groupe. Ça lui fait une belle jambe, à Larry.

Alex hésite : Larry a besoin d'un ami, d'une présence. Il est partagé, déchiré. Rester et aider son copain ? Mais l'autre partie de lui-même – la plus forte, en vérité – le tire par la peau du cou et l'entraîne vers la sortie. Il a rendez-vous avec Diana ! Bon, il s'occupera de Larry plus tard. Ce n'est pas qu'il veuille se défiler, mais...

Le taxi attend devant la porte. Alex a à peine mis le pied dehors qu'une Mercedes rouge vient se garer devant la maison. Angela Arbogast en surgit et, sans même dire bonsoir :

– Il est là ?

– Oui.

Finalement, c'est une bonne chose que je m'en aille, se dit Alex. Peut-être que la visite d'Angela va lui faire du bien. Peut-être que s'ils passent un moment ensemble... S'ils se revoient, de temps en temps, qui sait...

– Il est seul ?

– Très.

Angela se précipite vers la maison, Alex monte dans son taxi.

Laissons Larry se débrouiller, pour l'instant, il y a plus important. Diana. Alex lui a donné rendez-vous dans un petit restaurant italien, sur Telegraph Hill. Il ne tient plus en place, il rêve de cette soirée depuis des jours. Un vrai dîner dehors, avec une jolie femme. Non. *Erratum* : pas n'importe quelle jolie femme. Un dîner avec Diana, point.

La soirée démarre sans fausse note : Alex est en avance de quelques minutes, Diana arrive juste à l'heure. Elle est plus belle que jamais, robe fluide, cheveux soyeux, yeux brillants. Ils ont une table bien située, un peu à l'écart ; les chaises sont confortables (et larges : pour Alex ça a son importance, il a de plus en plus de mal à se glisser dans des sièges standard). Nappe et serviettes immaculées, bouquet de fleurs champêtres dans petit vase en terre cuite, carte variée, personnel à la fois discret et attentif… Ils sont à peine assis que le garçon leur apporte une pleine corbeille de focaccie toutes tièdes et un ravier d'huile d'olive aromatisée, pour faire trempette. Alex ne tarde pas à leur faire un sort.

Tandis qu'il étudie la carte, Diana fait la conversation. Souriante, elle bavarde à bâtons rompus, lui parle de ses travaux au labo, elle est contente, ses expériences sur les ovules congelés avancent bien. Pendant ce temps-là Alex a commandé une quantité gargantuesque de plats. Et c'est quand on leur apporte les hors-d'œuvre (homard pour

Diana, côte de veau tagliatelles/épinards pour Alex) que tout se gâte.

– Vos calamars arrivent tout de suite, dit le serveur à Alex, qui hoche la tête, la bouche pleine.

La côte de veau n'est plus qu'un souvenir, il travaille à ses dernières tagliatelles. Diana l'observe, songeuse. Puis elle prononce les mots fatidiques :

– Vous savez, votre histoire de Strudeldog, ça me tracasse.

Hum. Terrain glissant. Alex s'arrête de mastiquer et lève le nez de son assiette.

– Comment ça ? demande-t-il, prudent.

Diana respire un bon coup, et puis se jette à l'eau :

– Eh bien, pour être tout à fait franche, personne n'a jamais entendu parler du syndrome de Gelandesprung. Aucun article dans les revues médicales, pas la moindre publication. Et les pathologistes que j'ai contactés sont dans le bleu, eux aussi. En outre, il n'existe en Autriche aucun village de ce nom.

Ben voilà. On y est. Alex déglutit péniblement, il a failli s'étrangler avec un lambeau d'épinard. Diana, très droite sur sa chaise, le regarde avec intérêt. Elle attend ses explications. Alex est ému : elle s'est donné le mal de se renseigner sur son cas ! Et maintenant, pris au piège de ses mensonges stupides, il ne sait plus quoi dire.

Si seulement Larry était là, avec sa langue de bois et son imagination plus que fertile ! Et puis non. Non, Alex en a assez de cette mascarade. Et soudain il se sent soulagé. Depuis six mois, il ment à Diana. Il déteste mentir, c'est contre sa nature. Et voici aujourd'hui l'occasion ou jamais de remettre les pendules à l'heure, de repartir sur des bases saines. Il veut être honnête vis-à-vis de Diana. Il veut partager avec elle son merveilleux secret, il veut lui parler de Junior. Après tout, non seulement c'est une scientifique spécialisée dans les phénomènes de reproduction, mais c'est aussi une femme. Qui, mieux qu'elle, pourrait le comprendre ? Le soutenir ? Et, qui sait, le fait de lui confier son secret les rapprochera peut-être. C'est son vœu le plus cher...

En attendant, comment lui annoncer la chose ? Comment lui dire qu'il attend un enfant sans qu'elle se sauve à toutes jambes – non sans heurter un ou deux serveurs au passage ?

– Alex ?

Diana s'impatiente, il est au pied du mur, il est temps de passer aux aveux.

– Vous avez raison, je vous ai menti. Je vous demande pardon.

– Mais de quoi souffrez-vous, exactement ?

Il se penche par-dessus la table et baisse la voix :

– Puis-je vous confier un secret ?

– Bien sûr.

Diana lui adresse un sourire d'encouragement. Ce n'est pas trop tôt ! songe-t-elle. Plus de mensonges entre eux, plus de cachotteries. Leur relation va pouvoir redémarrer, une relation fondée sur la confiance et le respect mutuels.

– Je veux que vous sachiez tout de moi, dit Alex, la mine grave.

– Moi aussi.

Diana farfouille dans son homard, réussit à extraire de la carapace un dé à coudre de chair. Puis elle arrache une pince, qui lui échappe des mains et va atterrir sur la table d'à côté. Son voisin, très gentiment, la lui rend.

– Merci, dit Diana, distraite.

Elle se penche vers Alex, leurs nez se touchent presque.

– Moi d'abord. J'ai une confession à vous faire… Je… Je suis assez maladroite. Si, si, je vous assure. Une vraie catastrophe. Voilà. Vous savez tout.

Elle rougit, scrute le visage d'Alex, s'attendant à y voir de la moquerie, du dégoût… Mais non, rien de tel.

– À vous, maintenant.

Alex s'adosse à sa chaise.

– Ce que j'ai à vous dire risque de vous choquer.

– Mais non, le rassure Diana.

– Vous êtes sûre ?

– Alex…

Elle tend la main et la pose sur celle d'Alex. Au fond de ses yeux, un message silencieux : « Vous pouvez tout me dire, je peux tout comprendre, ne soyez pas timide… » Alex rassemble son courage.

– Eh bien, il m'arrive une chose… extraordinaire.

Juste à ce moment-là, le garçon dépose sur la table une assiette de calamars frits à l'huile d'olive.

– Merci.

Cette malencontreuse interruption va changer le déroulement de la soirée et, accessoirement, bouleverser, sinon la face du monde, du moins l'avenir d'Alex et de Diana. Car sans les calamars, Alex aurait tout avoué, d'un bloc. Là, coupé dans son élan, il opte pour une autre tactique, une approche plus circonstanciée :

– Connaissez-vous les travaux d'Edward Jenner ?

– Oui, bien sûr. Il a inventé le principe de la vaccination.

– Et a testé sa découverte sur lui-même.

– Exact.

Alex se penche un peu plus vers Diana.

– Avez-vous jamais été tentée d'en faire autant ? D'être votre propre cobaye ?

Voilà, c'est comme ça qu'il faut aborder la question. Mettre l'accent sur l'aspect scientifique.

Diana hoche la tête :

– Oui. En fait, je n'ai pas seulement été tentée, je suis passée à l'acte.

Alex se redresse, surpris.

– Oh ! Vraiment ? Mais comment ?

Diana baisse les yeux, soudain un peu timide.

– Oh, rien d'aussi ambitieux que Jenner ! J'ai utilisé ma nouvelle méthode de cryogénie pour congeler l'un de mes propres ovules.

– Non ! Et dans quel but ?

Diana détourne le regard, de plus en plus gênée.

– Eh bien, j'ai toujours désiré avoir des enfants, mais je n'ai jamais rencontré l'homme avec qui j'aurais eu envie de les élever. Et les années passent... Alors, j'ai congelé cet ovule, pour le cas où le père idéal se présenterait, mais trop tard. Bien au froid dans son éprouvette, Junior attend tranquillement.

Alex sursaute. *Junior !* Ce n'est pas possible, il a mal entendu !

– Que... qu'est-ce que vous avez dit ?

– Mon ovule. Il est au labo, dans la Pouponnière.

– Mais vous... vous l'avez appelé Junior ?

Inconsciente de la bombe qu'elle vient de lâcher, Diana explique, le plus naturellement du monde :

– Vous comprenez, je ne voulais pas mettre mon nom sur l'étiquette, tout le monde aurait été au courant. Alors j'ai choisi « Junior ». C'est neutre.

– Junior ! répète Alex, hébété.

Non ! Ce n'est pas possible ! Pourtant, un horrible doute s'est insinué dans son esprit et grossit, grossit... Mais non, Larry a juré... Mais Larry ment comme il respire, c'est bien connu. Ça se bouscule, dans la tête de Larry, ça tournicote. C'est une simple coïncidence. Ça ne peut être qu'une coïncidence, n'est-ce pas ? Il est tout pâle, il a le vertige. Il n'a plus qu'une envie : foncer à la maison et forcer Larry Arbogast à lui avouer la vérité. Il faut qu'il sache la vérité à propos de Junior.

– Bon, assez parlé de moi, ça devient embarrassant, plaisante Diana, qui n'a pas remarqué son trouble. Et vous, racontez-moi tout.

Alex se lève comme un somnambule, laisse tomber sa serviette dans les calamars. Il oscille légèrement d'avant en arrière, au bord de l'évanouissement.

– Je... Je suis désolé... Il faut que je parte.

– Alex ! s'exclame Diana, alarmée. Ça ne va pas ? Vous ne vous sentez pas bien ?

C'est vrai qu'il n'a pas l'air dans son assiette, contrairement à sa serviette.

Mais il ne répond pas, il se précipite vers la sortie. Il part avec son secret. Et détenteur, peut-être, d'un autre secret tout aussi lourd à porter. Il laisse derrière lui une Diana abasourdie, qui attend toujours une explication. Mais qu'aurait-il pu lui dire ? « J'attends votre bébé » ?

Pendant ce temps-là, chez Larry, Angela est allongée par terre. Jupe relevée, slip baissé, elle donne de grands coups de petite cuillère sur son ventre gonflé.

– Et maintenant, écoute ! glapit-elle.

Larry pose son stéthoscope sur cette rose rotondité.

– Alors ? Rien, hein ? fait Angela.

– Angela, arrête. Ça ne veut rien dire !

– Elle est sourde ! Je suis sûre qu'elle est sourde. Et maintenant, regarde !

Elle cambre les reins, secoue son ventre, se tourne de droite et de gauche. Le monticule tremble comme de la gelée, puis s'immobilise.

– Pas une réaction, pas un coup de pied. C'est comme ça depuis deux jours ! Et ne me dis pas qu'elle a simplement le sommeil lourd !

– Ils ne réagissent pas à la demande, soupire Larry.

– Mais avant, si. Et plus maintenant, pleurniche Angela. Il y a quelque chose qui ne va pas, je le sais, je le sens !

Exaspéré, Larry lève les mains en signe d'impuissance.

– Bon, d'accord. Toutes ces drogues que son père a prises l'ont probablement bousillée. C'est ça que tu veux entendre ?

Angela blêmit.

– Quelles drogues ?

Larry a une grimace de mépris.

– J'ai lu des articles sur Aerosmith. Dix ans que ça dure. Alcool, coke, et j'en passe.

– Mais qu'est-ce que tu racontes ?

Soudain, un vrai ramdam éclate à l'extérieur, mais Larry n'y prête pas attention. Ce qui se passe avec Angela est bien plus important : enfin, il va savoir la vérité.

– Dis-moi, c'est lequel ?

Oh. Angela vient de comprendre. Maintenant tout est clair.

– Mais Larry, ce n'est pas un musicien ! C'est ça que tu pensais ? Qu'il faisait partie du groupe ?

Maintenant, c'est Larry qui ne comprend plus.

– Ben… oui. Tu as dit que…

– J'ai dit qu'il était en tournée avec eux. C'est leur manager.

Angela lui lance un regard impatient, puis, soudain, ses yeux s'agrandissent, un sourire d'extase éclaire son visage :

– Oh ! Larry ! Elle vient de me donner un coup de pied ! Elle est vivante !

C'est précisément cet instant que choisit Alex pour faire irruption dans la pièce. Il fonce droit sur Larry, ivre de rage. Angela pousse un cri de vierge effarouchée et rabat prestement sa jupe.

– Dis donc, toi. J'ai deux mots à te dire !

Il l'attrape par le col de sa veste et le traîne jusqu'à la cuisine comme un sac de patates, le coince contre le plan de travail.

– Où as-tu eu Junior ? gronde-t-il entre ses dents.

– Mais je te l'ai dit, fait Larry, pas tellement fier quand même.

Hors de lui, Alex soulève Larry à un mètre du sol et le secoue comme une tirelire.

– Non, ça ne prend plus. Tes salades tu peux te les faire à la vinaigrette ! Cette fois j'exige la vérité. Il s'agit de mon enfant !

Avec ses petits pieds qui se balancent dans le vide, Larry comprend qu'il vaut mieux éviter l'épreuve de force.

– D'accord, d'accord. Mais ça t'ennuierait de parler moins fort ? C'est peut-être pas la peine d'ameuter le quartier. Je l'ai eu dans le labo de Diana Reddin.

Et voilà. La meilleure de l'année. Le gag du siècle. Exactement ce que redoutait Alex.

– Il est à Diana !

Larry en bée d'incrédulité.

– Tu veux dire... à elle, personnellement ?

– Oui.

– Ah. Oh. Euh... Désolé, vieux.

Désolé ? Larry est désolé ? C'est tout l'effet que ça lui fait ? Non, il ne va pas s'en tirer comme ça.

– Mais bordel, c'était censé être un don anonyme ! hurle Alex.

– Chut !

Larry pose l'index sur sa bouche et désigne d'un hochement de tête la porte de la salle à manger, où Angela doit être tout ouïe. Il entraîne Alex vers le salon, ferme la porte.

– J'ai essayé. Tous les labos étaient en rupture de stock.

– Mais tu ne seras donc jamais foutu de faire quoi que ce soit correctement ? fulmine Alex.

– Écoute, tu vas me les lâcher un peu, hein ? (Larry aussi commence à perdre sa bonne humeur.) Si tu avais arrêté l'Expectane comme prévu, on n'en serait pas là.

– Espèce de salaud !

– Ben quoi, c'est vrai ! C'était ton idée, pas la mienne ! T'as la mémoire courte, quand ça t'arrange. Ah, les femmes enceintes ! Une vraie plaie !

– Retire ça tout de suite !

Alex s'est laissé tomber dans un fauteuil, il a relevé sa chemise et se gratte le ventre.

– O.K. C'était un lapsus, admet Larry. Je sais bien que tu n'es pas une vraie femme.

– Non. Pas ça. Retire ce que tu as dit à propos de l'arrêt de l'Expectane. Junior t'a entendu. C'est pas bon pour lui.

Larry lève les yeux au ciel, exaspéré.

– Bon, d'accord. Oublie ça.

– Non, dis-le mieux que ça ! insiste Alex, boudeur.

Ah, ce Grand Couillon ! Larry ne peut s'empêcher de craquer.

– Désolé, Junior, dit-il, s'adressant au bedon bedonnant d'Alex. Sans rancune, hein ?

Soudain Alex réprime une grimace.

– Oh ! Il vient de bouger ! Regarde, là, pose ta main...

Larry a un mouvement de recul.

– Merci, sans façon.

Nouveau coup de pied de Junior, du genre futur champion de foot.

– Aïïïïïeeeee ! Allez, Larry, touche, là ! Il faut que vous fassiez la paix, tous les deux.

– Justement, tu vas me la foutre, la paix ? répond Larry, qui a toujours été allergique aux photos de famille.

– Non.

Ton sans réplique, ce n'est plus le Grand Couillon qui parle, c'est une future mère, déterminée. À contrecœur, Larry pose la main sur le ventre d'Alex.

– Tu l'as senti, là ?

Soudain un bruit bizarre provient, non pas d'ailleurs mais de la porte. Quelque chose comme « GASP ! » si on était dans une BD américaine, « GLOUPS ! » en version française. Larry retire sa main comme s'il l'avait posée sur une plaque chauffante thermostat 10, Alex rabat prestement sa chemise, et tous deux se tournent vers une Angela horrifiée.

– Larry ! Qu'est-ce que…

– Quoi ? Euh… rien, dit Larry.

N'empêche, il a viré au rouge pivoine, coupable avant d'être jugé. Déjà, à l'école maternelle, il était comme ça. « Qui a fait ça ? » demandait la maîtresse et Larry rougissait même quand c'était pas lui. (Il faut dire, toutefois, que c'était souvent lui.)

– Tu… vous… Mon Dieu ! Non, c'est trop !

– Trop quoi ?

Soudain un horrible doute s'insinue dans l'esprit de Larry. Non ! Elle ne va tout de même pas imaginer que… Bon, d'accord, on est à San Francisco, mais…

– Vous deux, vous êtes… ensemble ? (Le mot lui écorche la bouche, à Angela.)

Avec une parfaite synchronisation, les deux hommes protestent :

– Quoi ? Oh non ! NON ! Nooooooooooon !

– Alors vous voulez bien m'expliquer ce qui se passe ?

Que lui dire, sinon la vérité ?

– Il… Eh bien, il est enceint, dit Larry.

– Oui, je vais être maman, confirme Alex avec un sourire de fierté.

Angela reste pétrifiée, tandis que son cerveau essaie d'assimiler la nouvelle. Elle regarde Larry, mais non, pour une fois, il n'a pas l'air de mentir. Elle regarde Alex, son sourire béat, son ventre énorme. Des détails lui reviennent. Elle se souvient de ses razzias dans la cuisine. Elle s'entend encore lui dire : « Est-ce qu'on vous a déjà dit que vous avez un appétit de femme enceinte ? » Inconsciemment, elle devait déjà savoir. Toutes ces pensées lui traversent l'esprit en une seconde. Une seconde. Et puis Angela tombe dans les pommes. (Décidément, le mythe de la pomme...)

Noah Banes n'a pas de chance. S'il avait pu être petite souris quand Larry et Alex ont avoué la vérité à Angela, ça lui aurait évité bien des tracas et bien des frais. Ça lui aurait évité de faire analyser le contenu des deux flacons qu'il a volés dans la salle de bains de Larry. Mais il progresse, Noah. Il a tiré sur une maille et peu à peu le tricot se détricote. Bientôt il aura la vérité toute nue devant lui, il n'en doute pas.

– Vous êtes sûre que c'est de l'Expectane ?

Il arpente nerveusement son bureau, mains derrière le dos.

– Absolument, confirme Samantha, son assistante. On a comparé les deux échantillons que vous nous avez donnés avec celui que nous avons au labo.

Banes exécute une petite gigue impromptue, spectacle d'ailleurs assez affligeant. Ha ! ha ! il les tient, les deux farceurs ! Finalement, ce qui l'embête le plus, c'est qu'ils l'aient pris pour un con. Enfin, maintenant, il n'y a plus qu'à chercher la femme...

– Euh... monsieur Banes, il y a autre chose, ajoute Samantha. Avec l'Expectane, il y a aussi des hormones. Œstrogènes et progestérone.

– Eh bien, ça correspond tout à fait à une grossesse hormono-assistée, n'est-ce pas ?

Samantha secoue la tête d'un air sceptique.

– Pas avec de pareilles doses. C'est plutôt le traitement qu'on donnerait... disons, à un transsexuel, avant l'opération.

Banes est debout devant la grande baie vitrée de son bureau, il contemple la ville à ses pieds, songeur. Et il se produit alors une chose extraordinaire. Là, en bas, Alex Hesse s'extrait péniblement d'un taxi, règle la course et se propulse, démarche en canard, ventre en avant, vers le Centre Lufkin – c'est-à-dire le laboratoire de Diana Reddin.

Si Isaac Newton avait choisi de faire la sieste sous un sapin plutôt qu'un pommier (eh oui, toujours la pomme !), nous n'obéirions peut-être pas aujourd'hui aux lois de la pesanteur.

Si Archimède avait pris une douche plutôt qu'un bain, si Noah Banes n'avait pas regardé par la fenêtre à l'instant précis où le Dr Alexander

Hesse sortait de son taxi tandis que Samantha prononçait le mot « transsexuel »...

– Eurêka ! s'écrie-t-il. Bon sang, mais c'est bien sûr !

C'est brillant ! Absolument brillant. La FDA a interdit aux Dr Hesse et Arbogast de tester l'Expectane sur une femme. Mais pas sur un homme !

Ça bosse sérieux dans le labo de Diana quand Alex y fait irruption. Diana, Jenny et Arthur sont en grande discussion, penchés sur l'écran d'un terminal. Dans le coin qu'occupait autrefois Alex, son assistante Alice joue du clavier, tandis que Minnie et Moe, debout devant l'évier en zinc, lavent des éprouvettes, Michelle, leur rejetonne, accrochée à leurs basques.

L'arrivée d'Alex provoque diverses réactions. La fidèle Alice se lève et le salue. Les chimpanzés, moins discrets, se jettent à son cou et poussent de petits cris joyeux. Minnie tapote le ventre arrondi d'Alex, visiblement admirative. Le Dr Diana Reddin, elle, lui lance un regard assassin.

– Nous sommes occupés, dit-elle, glaciale.

– Diana, il faut que je vous parle. Je vous dois une explication...

– Vous me devez plutôt des excuses.

– Je suis désolé, s'excuse Alex. Je vous en prie, écoutez-moi...

Soudain il remarque Arthur et Jenny qui, l'air gêné, s'efforcent de ne pas écouter.

– Vous n'avez pas envie d'un petit café ? leur suggère subtilement Alex.

Inutile de leur dire deux fois ; ils s'éclipsent, soulagés. Le sourcil en accent circonflexe, Diana regarde Alex. Pendant un long moment, il hésite, il ne sait pas par où commencer. Finalement, il opte pour la manière directe :

– Je suis enceint.

– Pardon ?

Alex respire un bon coup, prend son élan, et :

– Diana, j'attends un enfant. J'ai testé l'Expectane sur moi. Nous avons fécondé un ovule et nous l'avons implanté dans mon abdomen. Grâce à l'Expectane et à un traitement hormonal, j'en suis maintenant à mon septième mois.

Il soulève sa chemise, dévoilant un ventre manifestement gravide. Diana est en état de choc, incapable de dire un mot. Son regard incrédule va du ventre au visage d'Alex. Puis elle avance une main, touche du bout de l'index cette étonnante protubérance, comme pour vérifier qu'elle ne rêve pas. Non, elle ne rêve pas.

– Mon Dieu !

C'est concis, comme commentaire, mais tout à fait approprié.

– Ce n'est pas tout, murmure Alex.

– Comment ?

Alex est dans ses petits souliers : ce qu'il vient de lui avouer n'est rien, à côté de ce qui va suivre. Bon, allez, autant s'en débarrasser :

– Larry devait nous dénicher un ovule ano- nyme. Il n'en a pas trouvé, alors il a... il a emprunté un des vôtres. C'est Junior.

Diana blêmit.

– *Mon* Junior ?

– C'est *notre* Junior, maintenant, murmure Alex.

Deux taches rouges apparaissent sur les joues auparavant exsangues de Diana : la moutarde lui monte au nez et le sang à la tête. Et d'un seul coup, c'est l'explosion :

– Espèce de salaud ! Espèce de...

À court de qualificatifs, elle serre les poings et s'apprête à le boxer. Puis se souvient qu'on ne frappe pas une... un homme enceint. Mais sa rage est telle qu'il faut bien qu'elle se défoule. Alors elle lui enfonce son talon dans le pied et appuie de toutes ses forces.

Alex pousse un cri de douleur ; la loyale Alice se lève, prête à voler au secours de son patron. Les chimpanzés, eux, trouvent ça très drôle et s'esclaf- fent, lèvres retroussées, toutes gencives dehors.

– Je vous en prie, ne soyez pas fâchée, supplie Alex.

– *Pas fâchée ?* Vous me mentez, vous me volez ce que j'ai de plus précieux au monde, vous piéti- nez ma dignité, vous... vous tournez en dérision ma féminité... Et vous me demandez de ne pas me fâcher ! Vous voulez peut-être aussi que je vous dise merci ? C'est tellement... typiquement masculin !

Et pour ponctuer cette insulte suprême, elle lui écrase le pied, plus fort encore que la première fois.

Alex grimace, mais plus que le talon aiguille, ce sont les paroles de Diana qui le blessent.

– Je suis désolé. Je ne voulais pas vous faire mal, je vous jure, c'est la dernière chose au monde…

Mais Diana n'est pas d'humeur à accepter les excuses de l'homme qui porte son enfant, son bébé à elle.

– Ah bon ? Et vous pensiez me faire plaisir, sans doute ?

C'est la première fois qu'Alex entend Diana élever la voix. D'habitude, elle a cette diction parfaite, ce ton policé, terriblement british. Mais là, on dirait Angela quand elle s'en prend à Larry, ou n'importe quelle femme qui en a gros sur le cœur et ras le col roulé.

– Comme si les hommes n'avaient pas déjà assez de cartes dans leur manche. Il fallait que vous nous preniez celle-là aussi ? Vous me faites pitié.

Avant qu'Alex ait eu le temps de calmer Diana, Noah Banes déboule dans le labo, flanqué de deux membres musclés du service de sécurité. Il sourit d'une oreille à l'autre, l'enfoiré. Et, à la vue d'Alex, son sourire s'étire encore, ce n'est plus un sourire, c'est un remake des *Dents de la mer*. Il s'avance vers Alex et lui tend la main droite ; il exulte, ce Judas.

– Je tiens à vous féliciter pour l'heureux avènement ! s'exclame-t-il. On avait déjà les ovipares, les primipares… et maintenant l'homopare ! Après le mammifère, vive le mamipère !

Catastrophé, Alex recule.

– Je… je ne comprends pas.

Homopare ? Mamipère ? La brave Alice sursaute, ça vient de faire tilt dans sa tête. La dernière pièce du puzzle vient de se mettre en place. Ça fait des mois qu'elle la cherche, cette pièce manquante. La mystérieuse maladie du Dr Hesse, son obésité très localisée, ses sautes d'humeur, ses nausées, sa fréquentation assidue des vécés, ses T-shirts extra-L… Oui, aussi vrai qu'un et un font deux, son patron va bientôt être deux. Son boss a la bosse ! Le premier homme enceint de toute l'histoire de l'humanité ! Mon Dieu, quelle histoire ! Alice en est toute retournée. Émue et fière, elle essuie furtivement une larme qui lui perle au coin de l'œil.

Banes a saisi la main d'Alex et la secoue énergiquement.

– Bravo, docteur ! Grâce à vous, cette université entrera dans les annales de la recherche scientifique, grâce à vous…

Alex récupère sa main.

– Laissez-moi tranquille, proteste-t-il.

– Désolé, mon vieux, mais sur ce coup-là on est deux.

Banes sort un papier de la poche de sa veste en tweed et le brandit sous le nez d'Alex.

– Rappelez-vous les termes du contrat. « Les droits d'exploitation, y compris tous brevets et licenses résultant de travaux financés par l'université demeureront l'exclusive propriété de ladite université, laquelle en disposera à son entière discrétion. »

C'est-à-dire à l'entière discrétion de Noah Banes. En termes clairs, ça signifie que Junior est à la merci de Banes !

Atterré, Alex recule encore un peu, tandis que sa fidèle équipe s'avance pour le défendre, dans une chorégraphie spontanée mais très bien orchestrée. Alice brandit un bec Bunsen comme un lance-flammes ; à ses côtés, Minnie et Moe, grimaçants menaçants, se prennent pour King Kong.

– Fichez-moi la paix ! crie Alex.

– Il vous dit de lui ficher la paix, confirme Alice.

– Veuillez escorter le Dr Hesse jusqu'à l'ambulance, ordonne Banes aux deux gardes musclés.

Lesquels s'avancent, plus chimpanzés que Minnie et Moe, des fois la réalité dépasse la fiction. L'heure est grave, c'est par où la sortie ? Alex, un peu handicapé par son volume, tente de se faire la belle. Mais les deux gorilles lui barrent la route.

– Arrêtez ! crie Diana. Attention ! Il... il est fragile !

Elle repousse Banes avec beaucoup de conviction, à défaut d'efficacité.

– Toi aussi, Diana ?

Banes, à ses moments perdus, se prend pour Jules César. Diana n'est pas son fils, mais la trahison demeure. En plus, il a toujours été très cabotin. Mais pour l'instant, oublions Shakespeare, on est plutôt dans un polar.

– Attrapez-le ! ordonne Banes aux gardes.

Les deux larbins ont réussi à prendre Alex en tenaille. Chacun le saisit par un bras, partage équitable des tâches ; ils ont l'habitude de travailler en duo.

– NON ! rugit Alex.

– Désormais, vous êtes la propriété de l'université, conclut Noah Banes.

Rideau.

Non. Fausse sortie. Car Alex est bien plus costaud qu'ils ne l'imaginent. Savant Cosinus, peut-être. Enceint de sept mois, sûrement. Mais fort comme un chêne, deux bœufs et trois Turcs. Et vif, avec ça. Rapide comme l'éclair (n'ayons pas peur des clichés, ils n'ont pas été inventés pour rien).

Bref, notre Rambo – houps, pardon Arnold, d'accord, c'est malvenu comme référence –, notre Hercule, donc, balaie les deux affreux comme fétus de paille, fonce droit sur Banes, et paf ! direct du droit, en plein dans le foie.

– C'est mon corps ! C'est mon choix ! il hurle.

– Bien envoyé ! lance Alice la féministe.

Et c'est au tour de Minnie et Moe d'entrer en action. Moe bondit sur le dos d'un des gardes et lui plaque une poilue paluche sur les yeux. Aveuglé, le gus. Ne voulant pas être en reste, Minnie part elle aussi à l'attaque. Tactique bien plus féminine. Elle s'approche du deuxième garde, mine de rien, tend ses doigts griffus et... lui écrabouille les couilles. Le type pousse un hurlement et s'écroule. Faut saisir la chance quand elle se présente, Alex en profite pour s'éclipser.

Parcours du combattant, interminables corridors du Lufkin Center, il lofte entre d'éminents professeurs et des groupes d'étudiants. Sur ses talons, Banes, les gardes, Diana, Alice et les trois chimpanzés. Double porte. Au-dessus, panneau vert comme l'espoir : SORTIE. Alex s'y jette à corps perdu et à perdre haleine, et vlan ! heurte un laborantin chargé d'un casier rempli d'éprouvettes. Ça vole dans toutes les directions, éclats de verre qui retombent en pluie cristalline, gling, gling, clink, joyeux Noël !

Sur le campus, Alex file. Non, pas vraiment à l'anglaise. Plutôt comme un quarterback qui a réussi à choper le ballon (ha ! ha !) et qui n'a pas l'intention de le lâcher. Derrière lui, Diana, Minnie et Moe tentent de faire diversion et de bloquer l'équipe adverse, laquelle gagne du terrain.

Le suspense bat son plein. Et là, coup de théâtre. Crissement de pneus, arrêt sur image : la Chrysler de Larry Arbogast surgit comme par magie. Coups de klaxon impérieux. Alex aperçoit la voiture de son meilleur ami, demi-tour, à fond la caisse. La portière s'ouvre, Alex s'y jette tête baissée. Et, tandis que Larry démarre comme Al Capone poursuivi par Elliot Ness, Alex se retourne, hilare. Il n'est pas vulgaire, notre Alex, il est même plutôt du genre coincé. Mais là, devant la bouille déconfite de Banes, c'est plus fort que lui :

– Nique ton père !

Noah Banes n'est pas un émotif. Mais il y a des limites au-delà desquelles le ticket d'un homme n'est plus valable : devant le bras d'honneur que vient de lui balancer le Dr Alexander Hesse, il craque. Il s'effondre sur le trottoir et il fond. En larmes.

Dans la Chrysler, Alex tremble de tous ses membres. Après l'adrénaline, la gélatine.

– Cool, cool, lui dit Larry. Respire à fond.

– C'était ric-rac, tu sais.

– Oui, je sais. Mais calme-toi. Pense à Junior. Pour l'instant, l'important, c'est de te trouver une planque.

Oui. Se cacher. Mais où ?

– Où ? demande Alex.

– Attends, je réfléchis, marmonne Larry.

Et soudain, son visage s'éclaire, il tend la main vers le téléphone modulaire.

8

CASITAS MADRES

– C'est tout ce que j'ai pu trouver, dit Angela en tendant à Larry un sac de voyage et un carton à chapeau. J'espère que ça ira.

Larry dépose les deux dans le coffre de la Chrysler.

– Merci, Angela. T'es un ange.

– Pas de quoi. (Puis, se tournant vers Alex :) Vous partez pour longtemps ?

– Je ne sais pas. Deux ou trois semaines, peut-être.

Angela lui tâte le biceps, geste amical et complice.

– Mais qu'est-ce que je vais faire sans vous ? Qu'est-ce que je vais devenir, moi, sans mon compagnon d'orgie ?

Alex sourit :

– Larry a été à bonne école, avec moi. Un vrai chef, il ne lui manque plus que la toque.

– Allez, Alex, on y va ! Merci encore, Angela.

Larry déteste les effusions, les départs, les adieux. Le compliment d'Alex le met mal à l'aise, les yeux mouillés d'Angela ne lui disent rien qui vaille. Encore un peu, et il va s'attendrir. Et ce n'est pas le moment.

Ils descendent vers le Sud. Jolie route, montagnes et forêts. Santa Cruz, la baie de Monterey, Big Sur, l'océan sur leur droite, jusqu'à Carmel. Larry est silencieux, il conduit prudemment. Alex admire le paysage, cette magnifique côte californienne. Mais en fait, il est ailleurs.

Il pense à Diana. Il se rappelle le jour où elle est venue le voir chez Larry. Ce soir-là, elle lui a dit qu'ils avaient quelque chose en commun, une sorte d'affinité. Elle se demandait s'ils ne s'étaient pas déjà rencontrés. Maintenant il comprend ce qu'ils ne pouvaient comprendre à l'époque. Ce lien mystérieux entre eux deux, c'est Junior. Son enfant à elle, mais c'est lui qui le porte. Leur enfant... Quelque part, elle savait déjà. Son corps avait deviné que lui, Alex, avait en lui une part d'elle-même. Et maintenant ? Qu'en pense-t-elle ? Pense-t-elle à lui, elle aussi ? Comprend-elle que c'est le destin qui les a réunis ? Qu'ensemble ils ont accompli un miracle ?

Ou bien est-elle toujours fâchée furieuse ?

– Diana m'a dit que j'étais un salaud, que je lui avais volé sa féminité, dit tristement Alex.

– Ouais, c'est leur truc, répond Larry. Elles disent toutes ça. D'un autre côté, elles ne savent pas ce qu'elles veulent. Je les ai tous les jours dans mon cabinet, enceintes jusqu'à la racine des cheveux, et c'est toujours la même rengaine : « Ah ! si c'étaient les hommes qui devaient subir ça, y aurait moins d'enfants sur terre. » Et là, toi, tu les prends au mot, tu t'y colles. Et quelle récompense ? Insultes et compagnie. Jamais contentes, je te dis. Toutes des emmerdeuses.

Alex opine. Le paysage est toujours aussi beau, ils roulent en silence pendant encore une heure ou deux, chacun plongé dans ses pensées. Et puis, enfin, Larry ralentit, clignote à droite, petite route sinueuse bordée d'eucalyptus et de lauriers-roses. Et cul-de-sac, grille imposante, lettres dorées :

CASITAS MADRES

Voilà. Terminus, tout le monde descend. Enfin, pas encore. Petite maison de gardien fort avenante, gardien fort aimable, qui vous ouvre la grille.

– Bonjour ! Votre certificat d'admission, s'il vous plaît.

– Oui, dit Larry. (Il sort de sa poche un carton et le tend au brave préposé.) Mlle Hesse. Alexandra Hesse.

– Bienvenue à Casitas Madres, Alexandra ! La réception est dans le bâtiment principal, droit devant vous.

Allée gravillonnée. Et, là-bas au bout, bâtiments bas crépis de blanc, tuiles rondes et rousses, aloès géants, oliviers aux troncs torturés, ça sent le conquistador. Charmant, au demeurant. La vraie carte postale « Bons baisers de Californie ». La vraie. Pas L.A., mais l'arrière-pays.

Larry roule sur les graviers, Alex se mire dans le rétro.

– Tu me trouves comment ? demande-t-il, anxieux.

Larry, on le sait, est un menteur patenté. Mais il y a des limites. Il jette un coup d'œil à son pote, il l'embrasse même du regard. Peine perdue, inutile de se leurrer : malgré la perruque rousse, Alex a l'air et l'allure d'un boudin. Un énorme boudin. Et le sac à patates qui l'enrobe n'arrange pas les choses. Sans parler du fond de teint et du blush, du rouge à lèvres qui déborde et des boucles d'oreilles, des boucles de Gitane, la classe, quoi. Vraiment, en toute honnêteté, Alex est un cageot plus vrai que nature. Mais qui aurait le cœur de le lui dire ?

– Ben... si j'étais toi, j'éviterais les éclairages directs, répond Larry. Tu sais, ce n'est pas toujours flatteur, surtout pour les femmes enceintes.

Il sait se montrer diplomate quand il le faut, notre Larry. Mais pour l'instant, ils abordent, la Chrysler et lui, un ravissant petit pont de bois, très, très étroit. Alors ça limite un peu son inspiration. Le pont il s'en fiche mais la Chrysler, il y tient. Enfin, ouf... Obstacle négocié. Au-delà, le bâtiment principal. Impeccable. Immaculé comme la Conception du même nom. Chaux devant, chaux derrière. En prime, petite brise bienfaisante et végétation luxuriante mais soigneusement entretenue. Le rêve, le cadre idyllique, je vous jure, je n'en rajoute pas. Et, évoluant gracieusement dans cet Eden, main dans la main ou bras dessus bras dessous, des femmes. Toutes enceintes, plus enceintes que ne le furent jamais Ève et Marie réunies. Oui, est-il désormais besoin de le préciser? Casitas Madres, comme l'indique sa raison sociale, est un foyer. Spécialisé dans les filles-mères.

Pardon. On n'en est plus au temps de Zola, des filles-mères y en aura toujours, mais avec le politiquement correct, ça a changé d'appellation. On dit des mères célibataires. Mais non, ça aussi c'est démodé. Les nanas qui décident de rouler toutes seules, de nos jours, ça s'appelle des monoparentales. Sauf que d'habitude, elles doivent ramer, pour élever leur mouflet. Mais à Casitas Madres, non, on ne rame pas. On coule des jours heureux en attendant l'heureux événement, parce qu'on a le patrimoine derrière soi. Papi et mamie ont les moyens, alors tout va bien. Bref, tout cela se passe discrètement et élégamment, cachez ce sein que je ne saurais voir.

Alex, pour l'instant, ce ne sont pas ses seins qui l'inquiètent. Ou plutôt si. S'il en avait, il vous les montrerait, les exhiberait, même. Mais justement, c'est là que le bât blesse. Certes, il a les tétons qui lui démangent, depuis des mois déjà, mais c'est bidon.

Oui, c'est le bide assuré, songe Larry. Si on le prend pour une nana, moi je m'appelle Naomi Campbell. Il a comme un doute, soudain.

– Dis-moi, Alex. T'es sûr que..

– Non, soupire Alex. Mais on n'a pas le choix.

– Tu veux pas qu'on répète une dernière fois ?

C'est inutile, bien sûr. Ils connaissent le truc par cœur. Mais Larry a le trac. Il ferait n'importe quoi pour retarder les trois coups.

– Non. On y va.

Résigné mais déterminé, Alex. Trac ou pas, the show must go on. Parce que à la clé y a le cachet. Et le cachet, le caché, il n'a pas de prix. Il s'appelle Junior.

– Bon, si t'es sûr... soupire Larry.

Gros plan sur la Chrysler. S'ouvre la portière côté passager, lentement. Emerge un pied, cambré mais très grand. Une, deux jambes… interminables. Ventre, invraisemblable, sous un tissu fleuri qui n'est pas sans rappeler le couvre-lit d'Angela. Et voilà ! Alexandra Hesse. (L'ai-je bien descendu ?)

Une toute jeune et jolie préposée en blouse mauve (pourquoi mauve ? mélange de bleu et de rose, on ne veut pas se mouiller ?) se précipite, s'empare des bagages. Elle n'a pas ri, elle est polie. Et elle tient à son job, le chômage sévit dans la région. N'empêche. Pas triste, cette mama cool, caftan à fleurs, et tout. Hé, ho ! On est où, on va où ? Woodstock une fois, deux fois... Ça suffit, non ?

Le hall est aussi bien taillé que le gazon. Tout clean tout nickel. La réceptionniste idem.

Alors bien sûr, Alexander/dra, là-dedans... Le pachyderme qui débarque chez un antiquaire spécialisé dans la porcelaine de Saxe et la vaisselle de Sèvres. Un tabac, je vous dis pas.

Gêné, il vérifie l'alignement de sa perruque, tandis que Larry, plus réaliste, pose sa carte de crédit sur le comptoir.

– Alexandra Hesse. J'ai réservé par téléphone.

– B... Bien... Bienvenue à Casitas Madres ! bégaie la réceptionniste.

Normalement, elles sont triées sur le volet, ça doit sortir comme si ça venait du fond du cœur, le message de bienvenue. C'est pas sorcier, quand même. Mais là, la pauvre petite, ça lui est resté coincé dans la gorge. Et elle voit ça d'ici : mise à pied sans indemnités. (On est en Californie, ne l'oublions pas.)

Pourtant, elle aurait de quoi se défendre, auprès des Prudes Hommes. D'accord, elle a bafouillé, elle a trébuché sur le « Bienvenue ». Mais il faut bien reconnaître que cette Alexandra, avec sa perruque de guingois, son caftan fleuri et cet air... comment dire ?

– Y a-t-il un problème ? demande Larry, très homme du monde, habitué des palaces et tout.

– Euh... Non, non, balbutie la pauvrette en validant sur son ordinateur la réservation au nom de Hesse.

Entre-temps, quelques membres du personnel de Casitas Madres se sont approchés pour voir de plus près ce bizarre dinosaure en caftan. Quand Alex tourne la tête, tous font semblant d'être occupés à quelque tâche urgente. C'est alors qu'arrive une femme, la cinquantaine élégante, l'air maternel et chaleureux. Très maîtresse d'elle-même, pas un battement de cil en découvrant Alex. Elle jette un coup d'œil sur l'écran de l'ordinateur pour vérifier le nom et tend sa main droite :

– Mademoiselle Hesse ? Je suis Naomi Bender, la directrice de Casitas Madres. Bienvenue parmi nous !

Alex saisit la main tendue, la serre avec une surprenante délicatesse, et répond d'une voix haut perchée :

– Merci.

– Et si nous allions nous asseoir dans le salon ? suggère la directrice.

Elle les guide vers une vaste pièce meublée de confortables fauteuils et de moelleux canapés, de vases débordants de fleurs fraîchement cueillies et de plantes vertes qui dégueulent sur le rebord des fenêtres. Potiches en cuivre par-ci, par-là, et, bien sûr, l'inévitable lustre en fer forgé sans lequel le style hispano-californien ne serait pas ce qu'il est. Alexandra, Larry et Naomi prennent place. Immédiatement, trois ou quatre membres du personnel se trouvent d'urgentes occupations à portée d'oreille.

– Je suis consciente du fait que mon aspect physique peut surprendre, murmure Alex, paupières baissées, mains sur les genoux.

Naomi s'éclaircit la gorge et sourit d'un air engageant, mais un imperceptible hochement de tête l'a trahie et dit clairement : « Je n'osais pas vous le dire, mais puisque vous abordez la question... »

Alex relève les yeux, l'air vulnérable mais courageux.

– Il faut que je vous explique, poursuit-il de sa voix douce. Quand je faisais partie de l'équipe olympique d'Allemagne de l'Est, on nous donnait des anabolisants tous les jours. C'était aussi banal que les vitamines chez vous. À l'époque, personne ne parlait des effets secondaires. Qui sont, hélas... comment dire ? Enfin, peu discrets.

Alex marque une pause, étouffe un sanglot, puis se reprend.

– Mais croyez-moi, je suis femme jusqu'au bout des ongles, conclut-il avec un large sourire maculé de rouge à lèvres.

– Oui, vous pouvez me croire, intervient Larry, à la limite du vulgaire.

– Je suis enceinte de presque huit mois, et mon Larry doit partir en voyage d'affaires...

– J'en suis malade, de la laisser seule, confirme Larry, l'œil humide. Mais vous savez ce que c'est, *business is business*...

– Je vous en prie, Naomi, j'ai peut-être l'air un peu... différente... mais j'ai les mêmes problèmes, le même besoin d'affection et de sérénité que toutes les futures mamans. Et je ne savais pas vers qui me tourner.

Elle est irrésistible, Alexandra. Massive, énorme, grotesque, aussi sexy qu'un camion-poubelle, mais tellement touchante. Les préposés curieux qui s'étaient regroupés pour écouter en sont tout émus.

Un tel courage, une telle candeur… Naomi elle-même se sent fondre comme motte de beurre au soleil. Dans un geste spontané et sincère, elle saisit les battoirs d'Alexandra dans ses fines mains baguées.

– Alexandra, vous avez frappé à la bonne porte. Et vous savez quoi ?

– Non, fait Alex.

Naomi a un sourire rayonnant :

– Vous êtes belle. Oui, très belle.

– C'est vrai, répète le chœur des préposés.

Naomi se tourne vers Larry, très New Age :

– Larry, vous ne voulez pas participer ?

Le pauvre Larry, un peu dépassé, s'éclaircit la gorge.

– Tu es belle, dit-il à Alex, mais on sent que ça a du mal à passer.

Naomi se penche, étreint Alex – enfin, essaie, car elle n'a pas les bras assez longs pour faire le tour du Grand Couillon, surtout dans son état. Tout le monde soupire d'aise, on est en pleine communion. Alex, lui, soupire de soulagement, ouf, le plus dur est passé.

Naomi fait signe à l'une des employées.

– Willow ? Voulez-vous conduire Alexandra à sa chambre, s'il vous plaît ?

Alex et Larry suivent la dénommée Willow jusqu'au deuxième étage.

– Je prends l'avion pour Vancouver demain, dit Larry. Les réunions avec Lyndon Pharmaceutical ne devraient pas durer plus de trois ou quatre jours.

Willow ouvre la porte et Larry et Alex la suivent dans la chambre. Chambre privée, bien sûr. À l'idée qu'Alex aurait pu être obligé de partager sa chambre avec une autre femme enceinte, Larry en a les cheveux (ce qu'il en reste) qui se dressent rétrospectivement sur la tête. Willow pose le sac d'Alex sur le lit et leur fait l'article : climatisation, sonnette, couvertures en rab... Larry sort un billet de vingt dollars de son portefeuille et le tend à la jeune fille.

– Veillez à ce que mon Alexandra ne manque de rien...

– Bien sûr, dit Willow en refusant le pourboire d'un geste ferme.

Elle les laisse, referme doucement la porte derrière elle. Epuisé par tout ça, Alex s'affale sur le lit. Larry jette un coup d'œil circulaire autour de lui. Le nouveau home d'Alex est clair et spacieux, avec de larges baies qui donnent sur les jardins, et un papier peint pimpant. Les couleurs et le mobilier ont été choisis avec soin pour leur effet apaisant. La pièce a un côté rassurant, comme un cocon, comme le giron maternel.

– Sympa, hein ? approuve Larry.

Alex ne répond pas, mais regarde Larry d'un air sérieux.

– Larry ? Tu crois vraiment que le bébé va naître ? demande-t-il doucement, exprimant enfin sa peur la plus profonde, la plus viscérale.

Larry Arbogast réfléchit un moment. Cette question mérite une réponse sincère.

– J'aimerais pouvoir dire « bien sûr ». Mais il n'y a aucun précédent. Le fœtus appuie déjà sur ton foie et tes intestins, sans compter quelques artères vitales. Et ça m'inquiète, figure-toi.

– Mais tout va bien se passer ? insiste Alex.

Larry a un large sourire :

– Y a intérêt. C'est aussi mon rejeton, tu sais.

Alex lui rend son sourire, un peu hésitant. Mais il se sent mieux.

– Merci… pour tout.

– Ménage-toi, mec, répond Larry d'un ton bourru.

Il tend les bras vers Alex qui se lève péniblement du lit et étreint son vieux pote. Accolade plutôt gauche, compte tenu de la différence de taille entre les deux hommes et du ventre protubérant d'Alex. Mais ce qu'elle manque en grâce est compensé par la sincérité. Ils sont amis, maintenant, de vrais amis.

Et puis Larry s'en va. Alex est seul. Il se dirige vers la fenêtre et regarde Larry monter dans sa voiture et disparaître. Le soleil se reflète dans le bassin à poissons rouges, un groupe de femmes enceintes, assises en cercle sur la pelouse, assistent à un cours de yoga. Tout est calme, tout est paisible.

Tout, sauf l'esprit d'Alex, dans lequel se bousculent l'espoir et l'inquiétude, l'angoisse, le trac, la joie. Il se lève et enlève sa perruque. Ce truc-là le fait transpirer. Puis il décroche le téléphone et appelle Diana au laboratoire. Une, deux, trois sonneries, le répondeur se déclenche. La voix de

Diana : « Je ne suis pas là pour l'instant, veuillez laisser votre message… » etc.

– Diana, c'est Alex. Si vous êtes là, s'il vous plaît, décrochez. Il faut que je vous parle.

Il a la soudaine conviction qu'elle est là, qu'elle l'entend, mais qu'elle ne veut pas répondre. Il n'a pas tort. Mais ce qu'il ne voit pas, ce sont les larmes qui brillent dans les yeux de la jeune femme.

– Je vous en prie, rappelez-moi ! Je sais que vous êtes furieuse et bouleversée, et vous avez le droit de l'être, mais ce qui est fait est fait, il faut que nous en discutions…

Diana ne rappellera pas. Ni aujourd'hui ni les jours suivants. Alors Alex s'occupe comme il peut. Il suit les cours de yoga, rouge et en sueur sous sa perruque et son caftan grotesques ; il suit les cours d'accouchement sans douleur, les cours de relaxation avec chants grégoriens diffusés par les haut-parleurs. Bref, il mène la vie d'une femme enceinte docile et pleine de bonne volonté. Mais dès qu'il se retrouve seul dans sa chambre, il appelle Diana. Et chaque fois il tombe sur ce fichu répondeur.

– Je vous en supplie, Diana. Décrochez. Ou rappelez-moi. Grâce à vous et à votre Junior, je connais un bonheur que je n'aurais jamais cru possible. Je vous en prie, donnez-moi une chance de le partager avec vous.

Jamais elle ne décroche. Jamais elle ne rappelle.

– S'il vous plaît ! Appelez-moi ! Je vais me coucher maintenant, mais vous pouvez me rappeler, à n'importe quelle heure. Mon numéro est... Oh, à quoi bon, je vous l'ai déjà donné dix fois. Je vous en prie, Diana. Appelez-moi ! Bonne nuit, Diana.

Il raccroche, inconsolable, désespéré. Puis, dans un élan soudain, il reprend le combiné et l'embrasse. Il raccroche de nouveau, et cherche une position confortable pour Junior. Il ne peut plus dormir à plat ventre et, sur le dos, il a du mal à respirer. Finalement, épuisé, il s'installe sur le côté, roulé en boule en position fœtale, comme Junior, et il s'endort.

Le lendemain, toutes les futures mères se réunissent sur la pelouse de Casitas Madres, assises en cercle autour de Naomi pour une autre séance de conditionnement positif. Enveloppé dans l'un de ses caftans, maquillé, perruque et boucles d'oreilles bien en place, Alex fait partie du groupe. Naomi Bender va de l'une à l'autre et distribue des crayons et des morceaux de papier découpés en forme de feuilles d'arbre.

– La feuille, symbole du printemps, de renaissance et de renouveau, explique-t-elle à ses auditrices attentives. D'un côté, vous allez écrire ce qui vous fait le plus peur en tant que future maman. De l'autre, je veux que vous notiez les ressources qui sont en vous et vous permettront de surmonter cette peur. N'inscrivez pas vos noms, ce n'est pas un concours.

Songeur, Alex contemple sa feuille en silence. Puis il se met à gribouiller. Quand toutes les feuilles anonymes sont remplies et ramassées, Naomi commence à les lire à haute voix.

– « Ma plus grande peur, c'est que je n'ai pas exactement le profil de la mère idéale. Est-ce que je vais être à la hauteur ? »

Alex détourne les yeux mais écoute de toutes ses oreilles, parce que c'est sa feuille que Naomi est en train de lire.

– Eh bien, dit-elle, chaleureuse et rassurante, je pense que nous avons toutes cette crainte, à un moment ou à un autre.

Murmures de compassion dans l'assistance. Seul Alex demeure silencieux, il est absorbé dans la contemplation d'une fleur.

Naomi retourne la feuille et fronce imperceptiblement les sourcils.

– La solution est… Notre future maman n'a pas rempli le verso.

Murmures de désapprobation. Naomi passe ses troupes en revue et son regard s'arrête sur « Alexandra », qui n'ose pas la regarder en face. Naomi a comme l'impression que c'est Alexandra qui a renoncé à chercher une solution. Cette grande femme fortement charpentée et manifestement défaitiste a besoin d'être prise en main. Et sans tarder.

– Tout d'abord, oublions ce mythe qui veut que certaines d'entre nous aient l'instinct maternel et d'autres pas, annonce fermement Naomi. La petite fille qui joue à la poupée n'est pas plus maternelle que le garçon manqué aux genoux couronnés. Il n'y a pas de standards, pas de généralités, pas de règles.

Alex soupire. Il espère que Naomi a raison, parce qu'il a beau attendre avec impatience la naissance de Junior, ça ne l'empêche pas d'être mort de trouille. Il se sent si seul.

Il jette un coup d'œil vers la grande maison et... sursaut de surprise : Diana Reddin est là, sous la véranda. Elle porte un ensemble en jersey vert foncé, un rang de perles autour du cou. Elle est superbe. Un membre du personnel lui avance une chaise et elle s'assied.

– Il n'y a que des individus, poursuit Naomi. Chaque femme est différente, mais chacune fait de son mieux pour aimer son enfant sans condition, et pour recevoir l'amour de son enfant en retour. Et nous sommes tous nés pour aimer et être aimés, nous...

Mais Alex n'écoute plus. Il s'est levé d'un bond et se dirige vers Diana, bouche fendue jusqu'aux oreilles. Quand elle l'aperçoit, elle vient à sa rencontre.

– Très seyant, dit-elle avec un coup d'œil éloquent sur le caftan et la perruque. Surtout les boucles d'oreilles.

Mais Alex est si heureux de la voir qu'il ne remarque même pas le ton moqueur.

– Je suis content que vous soyez venue. Je commençais à désespérer.

– J'avais besoin de faire le point, dit Diana, soudain sérieuse.

– Et ?

Il est suspendu à ses lèvres, toute son angoisse, tous ses espoirs sont concentrés dans cette seule syllabe.

– C'est honteux, ce que vous avez fait.

Alex baisse la tête, penaud.

– Pourrez-vous me pardonner ?

– Et vous avez même le culot de m'adresser la parole ! À votre place je me cacherais la tête dans un sac.

Même sous la double couche de fond de teint et la tonne de faux cils, on peut lire la déception sur le visage d'Alex.

– Bon, d'accord. Écoutez, si vous ne voulez plus jamais me revoir, je comprendrai. Et ne vous inquiétez pas pour le bébé. Ii est à moi et j'ai toujours eu l'intention d'assumer mes responsabilités.

Diana secoue vigoureusement la tête :

– Non, mais vous plaisantez ? Ce serait vraiment trop facile ! Laissez-moi vous préciser une chose : Junior est à moi autant qu'à vous. N'oubliez jamais ça !

– Oui, bien sûr, dit Alex, tout sourires.

– Vous êtes peut-être son père, mais c'est moi qui suis sa mère, compris ?

Visiblement, Diana ne plaisante pas. Mais malgré la lueur meurtrière qui brille dans son regard, malgré son ton cassant, Alex sourit de plus belle.

– Oui.

– Nous devons trouver un moyen intelligent de partager ces responsabilités.

– Oui.

– Les soins, l'alimentation, l'éducation, le sens de la famille…

– Oui, oui, oui !

Diana fait un geste vers le ventre gonflé d'Alex.

– Ce petit… euh… ce petit accident de parcours restera notre secret. J'espère que vous n'aviez pas l'intention d'exploiter votre expérience. Je ne veux pas que mon enfant soit un cobaye. Ça non ! Pas question !

– Moi non plus, approuve Alex. Mais il y a Banes. Il est dangereux. Il n'abandonnera pas comme ça.

Diana comprend.

– Oui, mais il n'y a plus que quelques semaines à tirer. Nous avons réussi jusqu'à présent… enfin, vous avez réussi, concède-t-elle à contrecœur. Comment vous sentez-vous ?

– Mieux, maintenant que vous êtes là.

Diana ne peut s'en empêcher, elle lui retourne son sourire, baissant enfin sa garde. Le malentendu entre eux s'est dissipé, Alex n'a jamais été aussi heureux de sa vie.

Ils font quelques pas dans le parc de Casitas Madres, comme deux vieux amis et, bien qu'Alex meure d'envie de toucher Diana, ne serait-ce que sa main, il n'ose pas. Il sait qu'il ne passe pas inaperçu, ce n'est pas la peine d'aggraver son cas. Ils se retrouvent sous la véranda de la maison principale, assis à l'une des petites tables, devant deux grands verres de thé glacé.

– Leur thé glacé est délicieux, ici, commente Alex.

– Oui, dit Diana en buvant une longue gorgée. Excellent.

– Parfumé à la menthe, on dirait.

Ils sont assis côte à côte, ils sirotent leur thé, lorsque Diana demande soudain :

– Avez-vous une chambre privée ?

– Oui, pourquoi ?

– Nous avons une formalité à remplir, dit-elle avec son accent britannique un peu guindé.

– Quelle formalité ?

Elle se penche par-dessus la table et le regarde droit dans les yeux :

– Vous allez peut-être me trouver vieux jeu, mais il est hors de question que j'aie un enfant d'un homme avec lequel je n'ai jamais couché.

Elle se lève et lui tend les mains.

– Eh bien ? Vous venez ?

Soudain, Alex se fiche complètement de ce qu'on pensera de lui. Il prend la main de Diana, se lève et, osant à peine croire à son bonheur, il entraîne Diana Reddin – la mère de l'enfant qu'il porte en son sein – jusqu'à sa chambre, au premier étage.

Ce qui se passa ensuite entre ces ceux-là ne nous regarde pas. D'ailleurs ils ont fermé la porte. Mais soyez assurés que ce fut beau, profond, plein d'amour.

Maintenant, Alex, parfaitement comblé, repose sur le dos. Bouche ouverte sur un sourire séraphique (on voit très bien l'espace entre ses deux incisives), il ronfle doucement.

Diana est parfaitement éveillée. Assise devant la coiffeuse d'Alex, elle examine son visage dans le miroir. Aucune femme n'a connu une relation comme celle-ci. Il n'y a pas de précédent. Aucun article, aucun conseil paru dans *Cosmopolitan* ou n'importe quel autre magazine féminin. Elle n'a aucune amie à qui se confier. Ce qui lui arrive est une grande première dans les annales de la médecine, et une grande première dans les annales de l'amour.

Parce qu'il s'agit bien d'amour. Si elle a pu en douter avant d'aller au lit avec Alex, elle en est sûre, à présent. Jamais elle ne s'est sentie aussi proche d'un autre être. Cette tendresse, cette passion qu'elle avait peur de ne jamais connaître – faute de rencontrer un jour l'homme de sa vie –, elle vient de les donner et de les recevoir, avec une telle intensité qu'elle en a la tête qui tourne.

Et Junior, son Junior, est presque une réalité. Elle l'a senti bouger et donner des coups de pied dans le ventre d'Alex, et c'était comme si elle le portait elle-même. Elle comprend maintenant cette étrange et irrésistible attirance qu'Alex a exercée sur elle, dès le début. Sans le savoir – comment aurait-elle pu deviner une chose pareille ? – elle était attirée par la chair de sa chair, le sang de son sang, son propre enfant.

Elle aime Alex, elle le sait maintenant, mais cet amour est indissociable de celui qu'elle porte à Junior. D'ailleurs pourquoi les dissocier ? C'est cela qui est merveilleux : elle n'a pas besoin de choisir, elle peut avoir les deux. Ils vont former une famille.

C'est vrai, elle était furieuse quand Alex lui a dit la vérité, à propos de Junior. Elle s'est sentie trahie. Frustrée. Mais à présent, elle ne peut que s'émerveiller des tours que vous joue le destin dès qu'on a le dos tourné. Car maintenant qu'elle le connaît, elle sait qu'Alexander Hesse est l'homme qu'elle aurait choisi pour être le père de son enfant ! Fort, solide, intelligent, sensible. Sexy. Bon, techniquement, il est peut-être plus mère que père, mais c'est un détail qu'ils arrangeront plus tard, se dit Diana avec son habituel sens pratique. Pour l'instant, elle est amoureuse, elle est aimée, elle va avoir un enfant, et qui aurait pu prédire que tout lui viendrait d'un coup, comme par miracle ? Et lui viendrait sous la forme grotesque d'un homme en perruque et caftan ?

Diana se lève et s'habille rapidement, tandis qu'Alex dort toujours comme un bienheureux. Elle lisse ses collants, enfile ses chaussures, s'apprête à attacher son collier de perles autour de son cou... Et change d'avis. Sans bruit, elle s'approche d'Alex, se penche vers lui, observe un instant son visage heureux, lui met le collier dans la main et lui referme les doigts. Puis elle pose un baiser sur son ventre rebondi, doucement, très doucement. Bye, Junior. Au revoir, et à très bientôt ! Elle quitte la pièce sur la pointe des pieds.

Pendant ce temps-là, Larry Arbogast est à Vancouver et il est heureux, lui aussi. Il a eu autant de succès auprès des pontes de Lyndon Pharmaceuticals qu'Alex auprès de Diana. Il les a mis dans sa poche, roulés dans la farine et enroulés autour de son petit doigt. Il est maintenant assis dans la salle directoriale de cette auguste et mégalithique société – murs lambrissés d'acajou, mobilier et personnel à l'avenant. Il se fredonne un petit air, histoire de célébrer sa victoire, et il regarde par les baies vitrées la ligne déchiquetée des tours de Vancouver qui se découpent sur le ciel. L'un des juristes de Lyndon vient troubler sa douce rêverie en posant une pile de dossiers sous son nez, sur le poli impeccable de la table de conférences.

– Puisque nous sommes d'accord, veuillez apposer votre signature sur les huit exemplaires, et parapher chaque page…

Dix minutes plus tard, Larry griffonne sa dernière signature, heureux comme un roi.

– Et dès que nous aurons l'agrément des Européens, la FDA sera d'accord pour les tests aux États-Unis, n'est-ce pas ?

Le juriste lyndonien approuve, très sûr de lui :

– Nous nous chargeons de tout.

A Casitas Madres, le petit déjeuner est un agréable moment, l'occasion de se retrouver. Des tables sont disposées sur des tréteaux, chargées de saines nourritures – quartiers d'orange et de melon, kiwis, céréales, pain complet, petits pains aux noix et raisins secs, lait écrémé, omelettes anticholestérol, au blanc battu en neige, sans le jaune. Le petit déjeuner est un repas de gourmets, où l'on soigne le corps et l'esprit. En d'autres termes, ces dames s'empiffrent en toute bonne conscience et s'épanchent avec délices.

Tous les matins, Alexandra Hesse pioche joyeusement dans ces nourritures terrestres et consomme d'impressionnantes quantités de vitamines et de sels minéraux pour Junior. Mais aujourd'hui, Alex se sent patraque. Il se trémousse sur sa chaise, il a mal aux reins, mal au ventre, à tel point qu'il ne supporte plus de rester assis. Il se lève péniblement, grimace de douleur, et sort de la salle à manger. Il grimpe l'escalier comme un gosse de deux ans, un pied puis l'autre sur chaque marche. Une fois dans sa chambre, il ferme sa porte à clé et s'effondre sur le lit, au bord de l'évanouissement.

Il y a quelque chose qui ne va pas. Qui ne va vraiment pas. La douleur est insupportable. Junior veut sortir, et il n'y a pas de sortie, pas même une issue de secours. Alex vient de comprendre : il a des contractions, le travail a commencé. Et il est là, tout seul, sans personne pour l'aider. Larry, son gynécologue, son meilleur ami, est au Canada. Aïe ! Mon Dieu mon Dieu ! Jésus-Marie ! C'est pas vrai ! Sous l'effet de la douleur, Alex se plie en deux. De grosses gouttes de sueur perlent à son front. Il a peur, il panique.

Le téléphone sonne. Au prix d'un effort surhumain, Alex décroche. Larry ! Dieu merci !

– Alex ? Ça y est, mon grand ! On a décroché le gros lot ! Les types de Lyndon marchent avec nous, on va niquer la FDA !

– Grrrrraouch...

– Alex ? Ça va pas ?

Le ton de Larry change du tout au tout. Recroquevillé sur le lit, haletant, Alex est tout juste capable de dire :

– Larry... s'il te plaît... dépêche-toi.

Larry a bien des défauts, mais il comprend vite, c'est pas la peine de lui expliquer trois fois. Il raccroche, saute dans un taxi, il est en route avant même que ne se déclenche la contraction suivante. Heureusement, il a laissé la Chrysler à l'aéroport de San Francisco. Aéroport de Vancouver, carte de crédit brandie comme le badge d'un flic en mission spéciale, il brûle la queue, pardon messieurs-dames, cas d'urgence, il arrache son billet des mains de l'hôtesse, tout schuss dans les couloirs... Trois minutes avant l'embarquement, il a le temps d'appeler son associé, le Dr Edwin Sneller.

– Allô, Ned ? Larry. On a une césarienne en urgence, ce soir. Tu me vires tout le monde sauf toi et Louise. Cas de force majeure, pas le temps de t'expliquer, tu fais ce que je te dis, O.K. ?

Vol numéro... Dernier appel... Les passagers sont priés... Larry tricote des gambettes et des méninges. Pourvu que Ned Sneller suive ses consignes ! Il faut que la clinique soit déserte pour la césarienne d'Alex. Si jamais ça transpire, adieu veaux, vaches, embryon, fœtus et compagnie ! Et bonjour l'omelette aux œufs cassés.

Dans l'avion qui le ramène à San Francisco, Larry regarde le paysage par le hublot. Mais il ne voit rien. Il pense à Alex et à Junior, et il est réellement inquiet. C'est lui, Larry, qui a entraîné Alex dans cette galère. C'était son idée et, maintenant, le Grand Couillon souffre le martyre. Souffrir ! Si ce n'était que cela ! Il risque sa vie, en fait. Et la vie de Junior. Curieusement – il s'agit de Larry Arbogast, quand même –, eh oui, curieusement, figurez-vous que pas une seconde il n'accorde une pensée au contrat juteux qui repose sagement à ses pieds, dans son attaché-case !

Non. En ce moment, Larry ne pense qu'à une chose. Il est assis là, bien peinard, en plein ciel. Et à des kilomètres de là, son meilleur ami, Alex Hesse, souffre comme un damné. Il est peut-être en train de perdre son bébé. Peut-être même qu'il est en train de mourir.

9

IL VA AVOIR MON BÉBÉ

À Casitas Madres, on ne s'est aperçu de la disparition d'Alexandra qu'après le petit déjeuner. Naomi a envoyé à sa recherche quelques-uns de ses plus fidèles employés. Elle se fait du mouron, Naomi. Alexandra avait l'air déprimé ; elle était pleine de bonne volonté, elle essayait de se mettre dans l'ambiance, de participer, mais souvent elle semblait ailleurs. Étrangère à tout cet environnement d'amour, ce cocon protecteur qu'ils tentaient de tisser, ici, à Casitas Madres. Les fidèles employés sont revenus bredouilles. Nulle trace d'Alexandra.

Ils ont cherché partout : dans l'atelier de poterie, au cours de mise en condition, au cours d'expression corporelle. Elle n'assistait pas non plus à la conférence de la Ligue en faveur de l'allaitement, ni au cours de yoga, ni au cours d'aérobic spécial maternité. Ils ont jeté un œil dans le salon de musique, mais d'Alexandra,

213

point. Elle n'était pas non plus dans le Temple de la Contemplation, elle n'était nulle part en vue dans les Jardins du Zen, elle ne méditait pas près du bassin à poissons rouges. Ils l'ont cherchée dans l'herbarium, pensant qu'elle avait peut-être eu envie d'une petite aromathérapie. Mais non.

Où donc est passée Alexandra Hesse ? Il est maintenant 10 h 15, et l'on commence à s'inquiéter sérieusement. Ça fait deux bonnes heures qu'on ne l'a pas vue, et Dieu sait qu'Alexandra ne passe pas inaperçue. Elle a… comment dire ? Elle a de la présence. Et justement, en l'occurrence, elle brille par son absence. Deuxième chasse à la femme et, finalement, les fidèles employés songent à aller frapper à la porte de sa chambre. (Ils auraient pu y penser plus tôt, n'est-ce pas, mais que voulez-vous, on ne peut pas être à la fois fidèle et futé.) La porte, donc, est fermée à clé. Alexandra est là, barricadée. Elle refuse d'ouvrir.

Manquement au règlement, là. Motif de renvoi ! À Casitas Madres, les portes verrouillées sont interdites. À tout moment Big Mother Naomi doit pouvoir veiller à la petite graine. Le fœtus est fragile comme un fétu, la grossesse est une chose sérieuse. On se croit tranquille, tout baigne, et d'un seul coup, plouf, un prématuré. On ne plaisante pas avec ces choses-là, la compagnie d'assurances est formelle : pas de chambres fermées à clé.

En quelques minutes, un attroupement s'est formé devant la porte d'Alexandra. Ça tambourine, ça supplie, ça parlote, ça menace. Mais Alex n'a pas la moindre intention d'ouvrir. Il se tord sur son lit de douleur, il grogne, il larmoie, il est à l'agonie. Quand même, il réussit à attraper le téléphone et à composer le numéro du laboratoire. Ouf, pour une fois, ce n'est pas le répondeur mais Diana en personne.

– Vite… Diana, j'ai besoin de toi…

Diana ne raccroche même pas, elle attrape ses clés de voiture et vise la sortie (pour une fois, elle ne se paie pas la porte et ne renverse personne). Jenny, Arthur, Alice, Minnie, Moe et Michelle, leur bébé chimpanzé, en restent bouche bée.

– Alexandra ! Je vous en prie ! Soyez raisonnable ! Ouvrez cette porte !

Naomi est de plus en plus inquiète. De toute évidence, il y a quelque chose qui ne va pas. Est-ce qu'Alexandra est simplement déprimée et effrayée, ou bien est-ce plus sérieux ? Est-ce que le travail aurait commencé ? Un groupe de femmes enceintes s'est formé dans le hall, elles discutent entre elles. Naomi a fait appeler deux médecins, lesquels s'usent les phalanges sur la porte d'Alex.

– Je veux mon Larry ! gémit l'intéressé d'une voix de fausset.

– Oui, je sais. Mais en attendant, il faut que les docteurs puissent vous examiner. Allons, Alexandra, mon petit…

– Mais je les connais pas, ces docteurs-là ! pleurniche Alex, affolé.

S'il y a un truc à éviter, c'est bien que ces toubibs viennent l'examiner.

Mais eux, de leur côté, ne raisonnent pas de la même façon. Si Alexandra est sur le point d'accoucher, pas question d'attendre son Larry. Cette femme souffre, la vie de l'enfant est en danger, il faut lui venir en aide. Chaque minute compte. Naomi est d'accord, elle sort un passe de sa poche.

– Ce sont de bons médecins, Alexandra. Vous devez leur faire confiance…

Elle tourne le passe dans la serrure.

Clic, clic, clic, ça tourne sans problème. Mais la porte résiste, bloquée par la commode en chêne massif qu'Alexandra a poussée jusque-là, péniblement.

– Alexandra ! Cessez ces enfantillages ! rugit Naomi, réellement hors d'elle.

Pendant ce temps, sur l'autoroute qui longe le Pacifique, de l'aéroport à San Francisco, Larry Arbogast « négocie » les virages, pied au plancher.

Une quinzaine de kilomètres derrière lui, Diana Reddin, mains crispées sur le volant, conduit à l'instinct, sans vraiment regarder la route. Elle ne pense qu'à Alex et à Junior. Comment ça se passe ? Mon Dieu, faites que tout se passe bien ! Toute sa vie se résume à cette prière. Parce que tout ce qu'il y a de bien dans sa vie, c'est ce paquet-cadeau, Alex et Junior, indissociables. Et ce paquet, justement, il est bien mal en point. Tiens bon, Alex, mon amour. Tiens bon, Junior, mon bébé. J'arrive. Je cours, je vole, j'arrive, accrochez-vous, les enfants…

Dérapage à peine contrôlé, Larry s'arrête devant le bâtiment principal de Casitas Madres dans une gerbe de gravillons, et saute de la voiture sans même couper le contact. Il ignore la réceptionniste et grimpe les marches cinq à cinq. (Non, il le ferait s'il le pouvait, mais pour ses courtes pattes, deux à deux, c'est déjà beau.) Au-dessus de lui, il entend des cris, des coups sourds. Il débouche sur le palier juste à temps pour aper-cevoir deux types en blouse blanche qui tentent d'enfoncer la porte d'Alex. N'écoutant que son courage, Larry bouscule une douzaine de femmes enceintes, repousse les deux médecins et crie à tue-tête :

– Hé, la citrouille, c'est moi !

– Larry ?

– T'inquiète, ça va aller.

La porte s'ouvre en grand. Alex/Alexandra est debout sur le seuil, chancelant(e), grimaçant(e), les mains crispées sur le ventre. Il est blême, le visage ruisselant de sueur.

– Il y a quelque chose qui ne va pas avec Junior, dit-il, pathétique.

Il souffre, il agonise. Pourtant, il ne pense pas à lui, c'est au bébé qu'il pense.

Larry secoue la tête.

– Junior va s'en sortir.

Mais Larry connaît son métier, il n'en est pas à son premier accouchement, il sait qu'il n'y a pas une minute à perdre. Il attrape un fauteuil rou-lant qui traînait par là, hop, il pousse Alex dedans, et s'enfile le couloir comme un cent mètres-haies, sous les encouragements et vivats des copines d'Alex, alias Alexandra :

– Bonne chance !

– Courage, ma grande !

– N'oublie pas ta respiration !

Respirer… Oui, c'est le moment ou jamais. Méthode Lamaze, houmf, pououf, houmf, pououf… Alex s'applique, mais quand même, entre la théorie et la pratique, entre les répétitions et la première… il a beau être volumineux, il n'en mène pas large, le pauvre Alex.

Et juste au moment où Larry et lui quittent Casitas Madres par la grande porte, sortie très remarquée et tout, Diana se gare dans un grand crissement de pneus, comme on dit dans les films d'action. Et elle jaillit de sa voiture, telle une superwoman bionique. Galvanisée par l'adrénaline et l'angoisse, elle localise immédiatement Alex dans sa chaise roulante, et Larry Arbogast qui pousse ladite chaise. Alex, pauvre chou, le visage contorsionné par la douleur, traînant derrière lui un cortège d'hommes en blanc et de femmes très enceintes.

Diana se rue vers la Chrysler de Larry et demande, frénétiquement :

– Comment va-t-il ?

Dans le genre question percutante, on a vu mieux. Mais enfin, elle est tellement mignonne, Diana, qu'on lui pardonne.

– Que faites-vous ici ? répond Larry, un peu marri, tout en hissant Alex sur le siège arrière.

Là aussi, on s'interroge. Il aurait pu dire, par exemple : « Qu'est-ce vous foutez là ? » Ou bien, en plus gentil : « Dégage, ma poule, tu vois bien que

tu gênes. » Mais non, en ces circonstances drama-
tiques, Larry s'exclame, très classe :

– Que faites-vous ici ?

– Et où voulez-vous que je sois ? réplique
Diana, furieuse. C'est mon bébé !

Moi, à sa place, j'aurais été moins cool. Dans le
feu de l'action, comment que je te l'aurais mou-
ché, le Larry ! Du genre : « Ta gueule, mec. C'est
mon môme, alors tu gicles. » Mais Diana est british, ne l'oublions pas.

Il y a comme un murmure ébahi alentour, ces
dames n'en perdent pas une, on s'interroge dans
les chaumières. Quoi ? Alexandra, Alexandrie ?
C'est qui, celle-là, je vous l'avais bien dit qu'elle
était bizarre…

– Mais il est à moi aussi, ce bébé ! s'exclame
Larry, histoire de corser le débat.

C'est à ce moment-là que le pauvre Alex réagit :

– Bon, ça suffit, vous deux. Allons-y !

Il a tellement mal qu'il en a oublié de déguiser
sa voix. Evidemment, ça perturbe encore plus
l'assistance. De nouveau la foule pousse des oh !
et des ah ! Ça devient bigrement excitant, cette
histoire.

Larry saute dans la Chrysler, Diana a tout juste
le temps de se glisser à côté de lui, il démarre sur
les chapeaux de roues et speede vers le nord, tandis que derrière lui, à Casitas Madres, femmes
enceintes et personnel médical en demeurent tout
ébaubis.

Pendant ce temps-là, Noah Banes est frustré et furieux. Larry Arbogast et Alex Hesse ont disparu de la face du monde. Personne ne les a vus, ces derniers temps. Il a pourtant ses indics, le sieur Banes. Sur le campus, et même ailleurs, il graisse des pattes. Il fait surveiller le CLS. Mais ça fait des jours et des jours qu'on n'a pas vu le Dr Arbogast. Et le temps presse, l'échéance approche. Si ça se trouve, ces deux enfoirés se sont barrés sous les cocotiers pour pondre leur œuf – à la Barbade, par exemple, ou à Detroit, au fin fond du Michigan, enfin, à un endroit où Banes ne pourra pas les rejoindre, parce qu'il a beau avoir de l'influence, c'est une influence purement potentielle. Pour l'instant, ses crédits sont limités. Et là, s'ils se sont tirés, ces deux-là, c'est la fin des projets et des ambitions de Noah Banes. Arbogast et Hesse pourront revenir, avec ou sans bébé, ni vu ni connu je t'embrouille.

Dans le bureau de Noah Banes, le téléphone sonne. À l'autre bout du fil, un obscur, un sous-fifre. Mais pas n'importe qui. Ce garçon travaille au CLS, la clinique de Larry Arbogast. C'est aussi l'un des indics de Noah Banes.

– Monsieur Banes ? C'est Pete Clifton. Vous m'aviez dit de vous prévenir, s'il se passait quelque chose. Eh ben là, j'peux vous dire, il se passe quelque chose de pas normal. On nous a tous dit de rentrer chez nous, parce qu'il va y avoir un césar… une césar… enfin, voyez, quoi. Ça doit vous dire quelque chose, à vous ?

Si ça lui dit quelque chose ? Un peu, mon neveu ! Ah, douce mélodie de la délation ! Doux réconfort des doryphores ! Oui, il y a anguille sous roche et il va se la faire, la petite anguille... Déjà il entend les trompettes de Jéricho, et ah ! oh ! les espèces sonnantes qui viennent trébucher dans sa musette... À lui la gloire et la fortune ! Franchement, pour cinquante dollars, c'est donné ! Voilà un petit pourboire intelligemment investi ! Merci, mon Dieu, je vous revaudrai ça.

Noah Banes raccroche et appelle son assistante :

– Samantha ! Il va y avoir du spectacle ! Convoquez les journalistes et dites-leur de me retrouver devant les bureaux d'Arbogast ! (Et, pris d'une soudaine inspiration, il ajoute :) Prévenez aussi le président Sawyer.

Oui, le président de l'université, bonne idée. Il faut qu'il assiste à ce moment historique...

Banes se joue le scénario dans sa tête. Alex Hesse est mûr, à point, et Larry Arbogast s'apprête à pratiquer une césarienne en grand secret. Et voilà, le premier bébé enfanté par un mâle va naître, non pas à la Barbade, ou à Detroit, mais ici même, à San Francisco ! Ces deux zozos croyaient pouvoir le doubler, lui, Noah Banes ! Ils pensaient faire ça dans l'intimité, sans les médias, sans l'université ! Eh bien, c'est raté, les mecs. Noah Banes n'est pas né de la dernière chute de neige.

Noah Banes sera là quand naîtra l'enfant. Le président de l'université aussi. Et la télé, les photographes, les reporters, tout le toutim. Ça va être le plus formidable événement médiatique depuis... depuis... depuis la nuit des temps. Même le petit Jésus, à côté, c'est du vulgaire fait divers. Pour la première fois dans l'histoire du journalisme, les tabloïdes diront la vérité ! Banes voit déjà la une d'*Infos du monde* : UN HOMME MET UN BÉBÉ AU MONDE. LE PÈRE ET L'ENFANT SE PORTENT BIEN. Eh oui, allez vous rhabiller, mesdames, on n'a plus besoin de vous ! Les mecs se débrouillent tout seuls, maintenant.

Noah Banes exulte, il esquisse quelques petits pas de danse. Ce scoop, ça sent la promotion, les honneurs, un bureau plus grand, plus de personnel sous ses ordres, un plus gros chèque à la fin du mois. Un contrat chez un éditeur, peut-être. Et un film, pourquoi pas ? Le film du siècle, des années au box-office... Bien sûr, une bonne partie des lauriers ira à l'université, mais lui, Noah Banes, en récupérera quelques branches. Il en rit tout seul. Oh, ils vont m'adorer ! Ils ne vont pas savoir comment me remercier. Ils vont se traîner à mes pieds ! Ils vont...

La Chrysler dérape dans un virage en épingle à cheveux. À l'arrière, Alex est projeté contre la portière et pousse un cri de goret qu'on égorge.

– Est-ce qu'on est obligés de se payer tous ces tournants ? demande Diana. Il n'y a pas une autre route ?

De voir Alex souffrir, ça lui fait mal.

– Non, répond Larry sans s'énerver, ce qui est plutôt surprenant. Encore quatre ou cinq bornes comme ça et après c'est du billard. À propos de billard… ça va, Alex ? Tu tiens le choc ?

– Je crois bien que Junior a fait un trou quelque part, avec son pied.

Une grimace, un grognement, puis, en bon élève, il reprend ses halètements de petit chien.

Larry attrape le téléphone et appuie sur le numéro codé de la clinique.

– Louise ? Passez-moi Ned Sneller. Accroche-toi, Alex.

– Je veux mourir ! gémit Alex.

Diana se tourne vers lui :

– Respire, respire à fond ! (Elle se met à haleter aussi, pour l'encourager.)

– Larry ?

C'est la voix de Ned Sneller, amplifiée par le haut-parleur.

– Ned, on arrive dans une demi-heure à peu près.

– Larry, tu vas enfin me dire ce qui se passe ? Quelqu'un de l'université a fait venir tout un tas de journalistes. Ils attendent devant l'entrée.

Des journalistes ! Le poing de Larry s'abat sur le tableau de bord.

– Banes ! L'enfoiré ! Tu crois que tu peux t'en débarrasser ?

– Ça m'étonnerait. Ils ont l'air de vouloir camper ici. Mais, Larry, je ne voudrais pas mourir idiot. Qu'est-ce que c'est que tout ce bazar ?

– C'est… c'est… Je ne peux pas t'expliquer au téléphone. Attends-moi à l'entrée.

Larry raccroche, la mine sombre. Les médias ! C'est la tuile, la cata. Le CLS n'est plus qu'à cinq minutes à vol d'oiseau, mais il paraît soudain plus loin que la Terre promise. Ils ne pourront même pas arriver jusqu'au bloc, avec une meute de journalistes devant l'entrée. Une meute ? Pire encore. Un essaim de frelons, une colonie de vautours…

Pas question d'exposer Alex à ce genre de cirque. Ce serait la fin de leurs projets, de leurs espoirs. Il voit ça d'ici, Larry. Les gros titres dans toute la presse à sensation, les talk-shows à la télé, les plaisanteries douteuses, les sarcasmes… Non, pas question.

D'un autre côté, le CLS est leur seule porte de sortie. Leur seul refuge. Salle d'opération ultramoderne, discrétion assurée – du moins *intra muros*. Sans compter le fait que c'est la seule clinique où Larry soit habilité à pratiquer la chirurgie.

– Qu'est-ce qu'on va faire ? se lamente Alex.

– Je réfléchis, je réfléchis… (Larry cogite, vitesse grand V.) Ce qu'il nous faut, c'est…

– Une diversion ! conclut Diana.

– On n'a pas le temps ! proteste Alex. Oooohhhhh !

Mais Diana a raison : il faut faire diversion. Et ils vont devoir improviser, ils n'ont pas le temps de peaufiner le scénario. Soudain, le visage de Larry s'éclaire.

– Accrochez-vous !

Et il écrase l'accélérateur.

– J'espère pour vous que vous ne m'avez pas dérangé pour rien, Banes, dit Edward Sawyer d'un ton lugubre. J'étais en train de dîner avec notre plus généreux donateur.

Le distingué président de l'université Leland fait le pied de grue avec Noah Banes devant le CLS. Ils ont de la compagnie : une nuée de reporters, de photographes et de cameramen battent la semelle, prêts pour le fameux scoop, quel qu'il soit. Jusque-là, Banes a ménagé le suspense.

– Oh, soyez tranquille, Edward. C'est un très gros coup. Au sens propre comme au figuré.

Banes s'avance vers les journalistes et leur fait signe. Quand il est sûr que les caméras sont braquées sur lui et que la pellicule tourne, il se gratte la gorge et se rengorge :

– Mesdames, messieurs, je vous remercie d'être venus. Je me présente : Noah Banes, directeur du Centre de recherche biotechnologique de l'université Leland. Et voici M. Edward Sawyer, le président de l'université.

Sawyer, d'un geste auguste, salue les caméras. Sa seule présence accrédite toute l'histoire, il va effectivement se passer quelque chose d'important, un président d'université ne se déplace pas pour un tuyau crevé.

– C'est pour nous un immense plaisir et un très grand honneur, poursuit Banes, d'annoncer l'événement le plus extraordinaire, le plus stupéfiant, le plus… (il hésite, à court de superlatifs)… le plus incroyable de toute l'histoire de la médecine.

Il marque une pause, car il a le sens de l'effet théâtral. Puis il largue sa bombe atomique :

– Le Dr Alexander Hesse, qui fait partie de mon équipe de chercheurs, va arriver d'une minute à l'autre. (Autre pause.) Oui, mesdames, messieurs, nous attendons le Dr Hesse pour le plus grand événement du siècle – que dis-je, le plus grand événement depuis que Dieu a créé le monde. Le Dr Alexander Hesse vient ici pour subir une intervention un peu particulière. Il va donner naissance à l'enfant qu'il a porté pendant neuf mois. Oui, vous avez bien entendu. Le Dr Hesse, un homme normalement constitué, a mené une grossesse à terme.

Un grand silence. Puis tollé général. C'est une blague, ou quoi ? Un homme qui attend un enfant ! Ça va pas, la tête ? Et d'abord, qui c'est, ce Hesse ? Est-ce que les caméras seront autorisées dans la salle d'opération ? Les journalistes se ruent vers Noah Banes, les questions fusent. Mais grosso modo, c'est toujours la même qui revient :

– C'est un homme et il est enceinte ? Enceint ?

– Absolument, confirme Banes, triomphant. Et quel parfait timing ! Le voici justement.

À cet instant précis, la voiture de Larry Arbogast surgit plein pot et vient se garer devant l'entrée de la clinique, pneus hurlant et klaxon bloqué. Le Dr Edwin Sneller se précipite, précédé d'une chaise roulante.

– Dégagez, s'il vous plaît, lance Larry qui jaillit de la Chrysler comme un diable de sa boîte.

Il a sa tête des soirées de poker, cool, impassible. S'il est ému ou inquiet, il cache bien son jeu. Immédiatement, les journalistes convergent vers lui, micros brandis, caméras braquées, flashes crépitants.

– On se calme, on se calme, s'il vous plaît, messieurs. Ecartez-vous, on est à San Francisco, pas à Hollywood.

En vrai professionnel, Larry fend la foule et la forêt de micros, et va ouvrir la portière arrière de la Chrysler. Les objectifs suivent le mouvement, zoom avant, clap, moteur ! Noah Banes, tout sourires, trouve le moyen de se placer plein champ. Un vrai pro, lui aussi.

– Où est-il ? crie un reporter.

– D'après vous, c'est la voie de l'avenir ? demande un autre.

– Pardon ? fait Larry, sourcil en l'air, l'innocence même.

– La maternité pour les hommes.

– Excusez-moi, jeune homme, la plaisanterie a assez duré. Nous avons une urgence, le rabroue Larry.

Il se penche vers le siège arrière pour aider son urgence à s'extirper de la voiture. Émerge alors un visage crispé, une silhouette déformée : Angela Arbogast, visiblement sur le point d'accoucher.

– Souris, ma chérie, on passe à la télé.

Angela s'arrête de grimacer pendant trente secondes et lance à l'adresse des caméras : « Salut, m'man ! » Et puis aïe, nouvelle contraction, elle se plie en deux. Pas très photogénique.

– Mais c'est une femme ! s'exclament les journalistes, déçus. Ce n'est qu'une foutue bonne femme !

Tendrement, Larry et Ned Sneller aident Angela à s'installer dans le fauteuil roulant.

– Hé, mesurez vos paroles, jeune homme ! lance Larry, un rien vindicatif. Cette femme, c'est la mienne, figurez-vous !

Noah Banes, lui, a plutôt le profil bas. La queue aussi. On dirait qu'il vient de s'en prendre un en pleine poire, il a l'air bien sonné. Non ! Dites-moi que c'est un cauchemar ! C'était censé être son jour de triomphe, son heure de gloire. Pas Waterloo. Comment ont-ils osé, ces deux-là ? Comment ont-ils osé lui faire un coup pareil ? Un coup bas, même pas sous la ceinture, plus bas encore, même pas sur les tibias, plus bas que ça tu meurs. Et Alex Hesse ? Où il est, celui-là ?

Comme un seul homme, les journalistes se tournent vers Banes, non plus curieux mais furieux. Ils attendaient le scoop du siècle, on leur refile une baudruche. Bien gonflée, la baudruche, certes. Mais pas de quoi faire un papier, ni même un entrefilet. Des femmes qui accouchent, on en voit tous les jours, surtout dans une maternité.

– Hé ! on attendait un mec en cloque !

Ton accusateur, toutes les caméras se sont arrêtées, pas la peine de gaspiller la pellicule.

– Mais je vous assure, messieurs…

Banes transpire, il fait peine à voir. Il se tourne vers Larry :

– Où l'avez-vous mis ?

Angela sent qu'il est temps d'ajouter son grain de riz :

– Oh, Larry !

Cri de douleur, plus vrai que nature, y a des talents méconnus et des oscars qui se perdent.

Larry saisit les poignées du fauteuil roulant et se fraie un chemin au sein des reporters, le Dr Sneller sur les talons.

– 'scusez, pardon, laissez passer, siou plaît.

Écœurés, ces messieurs des médias commencent à se disperser. Faire le poireau et des heures sup pour un fiasco pareil ! À vous dégoûter du métier !

Mais Banes ne s'avoue pas vaincu. Rouge comme une tomate trop mûre, virant à l'aubergine, il tente de retenir les reporters, bras en croix, vous devrez me passer sur le corps. Et, s'adressant à Larry, il hurle :

– OÙ EST-IL ?

Larry lâche le fauteuil roulant et s'avance vers Banes, s'arrête juste sous son nez :

– Banes, j'ai deux nouvelles pour vous. Une bonne et une mauvaise. Commençons par la mauvaise : vous devriez réviser vos cours d'anatomie. Ce ne sont pas les hommes qui font les enfants, mais les femmes. Cette histoire de choux, de roses et de cigognes, mon vieux, ce n'est plus de votre âge. Maintenant, la bonne nouvelle.

Levez la tête : vous voyez, ce gros nuage noir, juste au-dessus de vous ? N'oubliez pas votre parapluie.

Et sur ces paroles réconfortantes, il réempoigne les poignées de la chaise roulante et file. Ah ! ah ! pas mécontent de lui, le Larry.

– Noah ?

Cette voix ! Banes se retourne, cœur battant, panique, panique. Larry avait raison : le nuage noir est là, qui le toise. Il a pour nom Edward Sawyer. Lèvres pincées, œil étincelant, visage de pierre, l'auguste président n'a pas l'air d'humeur joviale. Il est même tellement furibond qu'il a du mal à trouver ses mots. Un tel fiasco médiatique ! Inadmissible ! L'humiliation de sa vie. Et encore, qu'importe sa vie, sa carrière ? C'est l'honneur de l'université qui est en jeu. Non, ça ne se passera pas comme ça. Les coupables seront punis.

Mais Noah Banes ne s'appelle pas Noah pour rien. Après tout, son ancêtre Noé a bien survécu au déluge... Noah, donc, n'est pas né de la dernière pluie, il n'est pas du genre à se noyer dans un verre Adam. Avant tout, noyer le poisson nommé Sawyer. Puis l'enrober dans la farine. Ensuite, le faire cuire à feu doux. Bref, laisser passer l'orage, et puis, et puis... calmement, méthodiquement, cartésiennement, expliquer à monsieur le président ce qu'il en est. Lui démontrer la chose par a + b, preuves à l'appui. Et les preuves, ce n'est pas ça qui manque. Les flacons d'Expectane volés, les sautes d'humeur d'Alex Hesse, les bribes de conversation surprises entre deux portes, etc. Banes a constitué tout un dossier. Et là, à coup sûr, in the pocket, le président. Pas de panique, pas de problème. Suffit de garder son sang-froid.

Oui, mais justement, c'est là que le bât blesse. Parce que Noah Banes, c'est un pisse-froid, mais rien d'autre. Pas le roi du baratin, ni le camelot du roi. Et notre Noah, au pied du mur, il manque d'élan. Coi, il reste. C'est tout juste s'il réussit à balbutier :

– Il... il attend un bébé, je vous jure !

– Vous êtes viré, laisse tomber le président, négligemment, avant de tourner les talons.

Mais je vous sens fébrile. Je vous vois venir, avec vos questions. Qu'en est-il de notre héros, le Dr Alexander Hesse, que nous avons lâchement abandonné dans la Chrysler de Larry ? Comment va-t-il ? Et comment va Junior ? C'est quoi, ce scénario ?

L'explication est simple. Larry Arbogast est génial, vous l'avez déjà compris. Il a ses défauts, comme tout un chacun, mais il est génial en temps de crise. Diversion ? Créer une diversion ? Il en était là quand nous l'avons laissé tomber. Et bingo ! Angela ! Car n'oublions pas qu'Angela ex-Arbogast est enceinte. De neuf mois bien sonnés, c'est fou comme le temps passe. Larry, pas gêné, se pointe à sa porte, et vous le connaissez : le roi du bagou. En plus, est-ce qu'elle peut lui refuser ce service ? Non, franchement, moralement, est-ce qu'elle le peut ? Bref, il lui explique la situation en deux temps, trois mouvements, tout ce qu'elle a à faire, c'est semblant, et c'est à peine un rôle de composition, vu sa situation. Et avanti, c'est parti mon kiki ! Larry et Angela dans la Chrysler, Alex et Diana dans la Mercedes (carte grise au nom d'Angela, mais payée par Larry).

Donc, tandis que la Chrysler se gare spectaculaire devant la clinique, la Mercedes s'arrête en tapinois devant l'entrée de service, à l'arrière du bâtiment. Diana, bonne pomme, inquiète pour son homme, aide Alex à sortir du véhicule. Il ne va pas fort, Alex. Contraction toutes les trois minutes.

Bon, vous l'aurez compris, ça va être coton. Bien évidemment, l'entrée de service est verrouillée, par les temps qui courent, c'est normal. Et pas le moindre cerbère à l'horizon, pour une fois qu'on aurait besoin d'eux, pas un qui montre le bout de sa queue ! Les vigiles, c'est drôle, ça vigile quand y a rien à voir, mais quand ils pourraient se rendre utiles...

Donc, une seule solution, pour pénétrer dans l'antre. L'échelle d'incendie. Vous imaginez ? Alex enceint jusqu'à la glotte, en plein travail (au sens obstétricien du terme). Et Diana, toute frêle, toute menue. Costaude, quand même : au lycée, elle était bonne en gym. Mais y a des limites. Un revers d'enfer, un crawl rapide et élégant, une souplesse naturelle, tout ça... Oui, bon, d'accord, mais ça ne vous fait pas un fort des Halles. Diana n'est qu'une nana.

Alors les voilà tous les deux, sur l'échelle de secours. Il fait ce qu'il peut, Alex, quelques tractions entre deux contractions. Elle, elle pousse. Enfin, elle le pousse, comme elle peut. Ensemble ils montent au septième ciel – pardon, au deuxième étage, et c'est déjà beaucoup.

– Putain, ça fait mal !

Il doit effectivement déguster, Alex, pour s'exprimer aussi spontanément. Mais Diana n'est pas choquée. On n'en est plus là, l'heure est grave.

– Pense à un ciel d'azur, une mer d'émeraude, les cocotiers se balancent mollement…

Décidément pas douée pour la visualisation créatrice, Diana. Vous avez déjà vu des troncs de cocotiers ? En plein cyclone, ça se balance peut-être, mais mollement ? Enfin, elle a des excuses.

– Allez, dit-elle en poussant sur l'arrière-train de son bien-aimé. Allez, un petit effort, une marche pour papa, une marche pour maman…

– Ta gueule.

Ce n'est pas dans sa nature, ce genre de réplique. Mais en cet instant précis, Alex n'est plus lui-même. Nous l'excuserons donc, lui aussi.

Oh, à propos ! Angela, vous vous souvenez ? Elle est censée simuler, médias obligent. Mais ce qu'ignore Larry, c'est qu'Angela est sur le point de mettre bas. (Oui, d'accord, c'est vulgaire, mais ça rime.) Angela, donc, sur le siège arrière de la Chrysler… (on dirait du Souchon), Angela, disais-je (là si tu trouves une rime, je te paie un Coca). Bref, la pauvre Angela, étalée sur son siège (ça rime avec disais-je)…

Bon, trêve de plaisanterie, Angela n'est pas à la fête. Col dilaté, elle est passée de la pièce de dix cents au dollar en argent, sauf que les dollars en argent, ça n'a plus cours depuis longtemps. Non, ce n'est pas sa rate qui se dilate. Les femmes, voyez, c'est plus compliqué que ça. Les cols, elles en ont plusieurs. Du fémur, comme tout le monde. Et de l'utérus. En l'occurrence, c'est celui-là qui nous intéresse. Et on est en pleine inflation, de ce côté-là.

– Aaaaaahhhhhhhh !

Elle tente de s'exprimer, Angela. Mais Larry ne lui prête aucune attention.

– Aaaaaahhhhhh ! Ooooouuuuphhhhhhh !

Peine perdue. Une seule chose intéresse Larry. Enfin, un seul être : Alex. Ou plutôt, Junior. Larry et sa chaise roulante s'engouffrent dans l'ascenseur, suivis du Dr Sneller. Deuxième étage, vite.

– Mais pourquoi on s'arrête au deuxième ? demande Sneller.

Il est vrai qu'au deuxième, il n'y a que des bureaux et des salles d'examen.

– C'est une surprise, dit Larry.

Les portes de l'ascenseur coulissent, sur le palier il y a Louise, au garde-à-vous.

– Ils sont là ? demande Larry.

– Non, pas encore.

Ned Sneller y perd son latin. Qui est où ? On est au deuxième étage alors que le bloc est au troisième. Larry a parlé de césarienne, alors qu'Angela est en plein travail, mais un travail normal. Alors, ça rime à quoi, tout ça ? Et pourquoi toutes ces cachotteries ?

– Larry, pourquoi tu m'as fait virer le personnel ? Pour une césarienne, on a besoin de l'anesthésiste, du...

– Tu me fais confiance, O.K. ? Tu ne poses pas de questions.

Larry emmène Angela vers la salle d'attente, meublée comme un vrai salon, canapé, magazines et tout. Angela s'en fiche, du canapé et des magazines. Elle est pliée en deux, mais elle ne rigole pas vraiment.

– Bon, Angela, c'est pas la peine d'en rajouter. On est entre nous, maintenant.

Il n'a toujours pas compris, le pauvre. Elle ouvre la bouche, elle va lui dire...

– Larry ?

La voix d'Alex, toute proche :

– Viens, Ned, dépêche-toi.

Larry happe la chaise roulante, sort de la pièce en catastrophe, Ned sur ses talons. Parce que Ned, il est discipliné, il suit le patron. Les initiatives et lui, ça fait trois. Angela reste là, montgolfière prête à s'envoler, mais Larry, l'ex-mari, le gynécologue attitré, s'est barré.

– Tu pourrais m'expliquer un peu ? demande Ned. Rien qu'un petit peu...

Il suit Larry, tel un pékinois, vers le bureau d'à côté. Et là, ça la lui coupe. Sans voix, bouche béante, l'air con.

Parce qu'il faut dire, le spectacle vaut son pesant de piments. Vous connaissez Alex, ce n'est pas exactement le genre modèle réduit. Enceint de neuf mois, en plus. Et le voilà, coincé dans la fenêtre comme le Père Noël dans le conduit de la cheminée. Derrière lui, quelqu'un pousse, à en juger par les halètements qu'on entend. Quant à Alex… Est-il même en mesure de coopérer ?

– Larry ?

À peine un cri de souris, et ça ne saurait mieux tomber, les souris sont connues pour accoucher de montagnes.

– T'en fais pas, mon pote, on va te sortir de là.

Larry agrippe Alex par le bras, fait signe à Ned d'agripper l'autre. À eux deux, ils tirent, tandis que Diana pousse, en équilibre sur l'échelle de secours.

– À trois tu mets le paquet, dit Larry à Ned. Allez, à la une, à la deux, à la… TROIS !

Diana pousse, Ned et Larry tirent… L'union faisant la force, plop ! Alex explose comme un bouchon de champagne et atterrit dans le bureau, les quatre fers en l'air. Larry lui tend une main secourable, l'aide à se relever, l'installe dans le fauteuil roulant, tandis que Diana émerge de la fenêtre, telle la vérité sortant de son puits.

Ned n'en croit pas ses yeux : Alex est énorme, grotesque ! Il se tourne vers Larry, affolé :

– Mais qu'est-ce qu'il a ?

– À mon avis, son bébé est en train de sauter à la corde avec son gros intestin.

Un bébé ? Quel bébé ? Ça tournicote dans la tête de Ned. Il ouvre la bouche, reste un instant comme ça, mâchoire pendante, et puis il se décide à prononcer l'imprononçable :

– Son bébé ? Vous avez dit son bébé ?

Il regarde Alex de plus près, remarque ses traits tirés, déformés par la douleur, l'abdomen protu-bérant.

– Ô mon Dieu !

– Non, cette fois, Il n'y est pour rien ! lance Larry avec un clin d'œil. Le miracle, c'est celui de la science…

10

LIVRAISON EXPRESS

C'est le souk, au CLS. Ils sont entassés dans l'ascenseur – Larry, Louise, Alex haletant dans sa chaise à roues, Ned Sneller encore sous le choc, Diana Reddin très inquiète. Et Angela. Angela, toujours convaincue que c'est elle la reine de la fête ; et, en toute logique, elle n'a pas tort : les contractions sont de plus en plus rapprochées, si ça continue elle va accoucher là, dans l'ascenseur.

La salle d'opération est prête. Louise est efficace, en quelques minutes Alex est prêt pour le billard. Pendant ce temps-là, Larry et Ned mettent leurs blouses et leurs bavettes, se lavent les mains, enfilent leurs gants stériles. Alex attend sur le chariot, avec le drap blanc qui le recouvre, il ressemble à Moby Dick, la grande baleine blanche. Au pas de course, Larry et Ned l'emmènent vers le bloc.

– Secret absolu, dit Larry à Ned. Pas un mot à qui que ce soit, ni maintenant ni plus tard. Si jamais ça se savait, on n'aurait plus qu'à fermer boutique.

– Oui, bien sûr. Promis, juré.

Les deux médecins, Alex et Louise disparaissent derrière les portes battantes. Angela et Diana restent dans le couloir, les bras ballants.

– Ô mon Dieu, faites que tout se passe bien, murmure Diana.

Derrière cette porte, il y a son avenir. Son avenir, son présent, et les deux êtres qu'elle aime le plus au monde. Comme elle voudrait être avec Alex, partager avec lui la naissance de Junior !

Soudain Angela chancelle, s'appuie contre le mur et pousse un cri déchirant. Cette contraction est plus forte que les précédentes, un vrai séisme.

Diana la regarde, les yeux écarquillés :

– Vous aussi ?

Pliée en deux, Angela hoche la tête, la douleur lui a coupé la parole. D'un geste de la main elle désigne une banquette dans le hall de réception et Diana la soutient pour marcher jusque-là, puis l'aide à s'étendre.

– Voulez-vous que j'appelle quelqu'un ?

Angela fait signe que non. Dents serrées, elle parvient à articuler :

– Je… veux… Larry. Houhhhhh !

– Calmez-vous, là, tout doux, murmure Diana.

Elle essaie la visualisation positive, bien que cette méthode n'ait pas vraiment fait des merveilles avec Alex.

– Imaginez… un parc magnifique, un champ de blé, un coucher de soleil…

– Je préfère imaginer une péridurale, réplique Angela.

Et les deux femmes ne peuvent s'empêcher de rire, même si la situation ne s'y prête pas vraiment. Mais très vite le rire d'Angela se mue en grimace.

– Ça fait mal à ce point ? s'inquiète Diana.

– Vous… ne connaissez pas… votre chance !

C'est vrai, se dit Diana. Elle n'avait pas réfléchi à cela, et voilà que soudain, grâce à Angela, elle comprend à quel point elle est privilégiée. Depuis la nuit des temps, les femmes se plaignent de cette injustice : à elles l'inconfort de la grossesse, les douleurs de l'enfantement. Les hommes, eux, se contentent de remplir les cendriers de la salle d'attente. Aucun homme ne pourra jamais comprendre ce qu'est la maternité. Oui, songe Diana, j'ai une chance extraordinaire. Alex m'aime et je l'aime, on va avoir une vie merveilleuse. Mon Junior est aussi le sien, l'enfant que j'ai toujours rêvé d'avoir. Et pendant neuf mois, c'est Alex qui a fait tout le travail, je n'ai pas eu à lever le petit doigt. Quant à comprendre la maternité, en partager les joies et les peines… jamais aucun homme n'aura égalé mon Alex ! Oui, décidément, j'ai une chance incroyable.

En attendant, la chance, c'est Alex et Junior qui vont en avoir rudement besoin. Ce n'est pas une partie de plaisir qui les attend. L'intervention est extrêmement délicate, une grande première dans l'histoire de la chirurgie. Diana imagine Alex inconscient sur la table d'opération et l'angoisse la saisit. Elle pense à Larry. Pourvu qu'il soit aussi bon qu'il le prétend ! Larry, je vous en supplie, surpassez-vous, sauvez l'homme que j'aime, et notre Junior ! Et Alex, mon amour, je te promets que notre prochain enfant, c'est moi qui le porterai. (Car au fond, elle est pour l'égalité des sexes.)

Mais Angela a une nouvelle contraction, et Diana doit s'occuper d'elle.

– Qu'est-ce que je peux faire ? demande-t-elle doucement.

– Me tenir la main ? suggère Angela.

Diana prend dans la sienne la main de sa nouvelle amie ; c'est un réconfort purement moral, mais c'est mieux que rien.

Dans la salle d'opération, sous le Scialytique, Alice est en train de badigeonner le ventre d'Alex avec une solution antiseptique.

– Alice, je suis content que vous soyez là, murmure-t-il.

Larry a dû lui téléphoner et lui demander de venir. Cher vieux Larry, il pense vraiment à tout !

– Pour rien au monde je n'aurais voulu rater ça, patron ! réplique sa fidèle assistante. Je n'allais quand même pas vous faire faux bond pour le plus grand jour de votre vie !

Larry s'approche d'Alex, une seringue à la main.

– Larry...

Alex ne voit que les yeux de son ami, au-dessus du masque. Il y a tellement de choses qu'il voudrait lui dire. Qu'il a confiance en lui, qu'il...

242

– Relax ! dit Larry. Compte à l'envers, à partir de cent.

Docile, Alex se met à compter.

– Cent. Quatre-vingt-dix-neuf. Quatre-vingt-dix-… huit. Quatre-…

La dernière chose qu'il voit, ce sont les yeux de son pote, de bons yeux bruns d'épagneul qui émergent au-dessus de la bavette de chirurgien, et soudain, il n'a plus peur. Ses paupières se ferment, et ciao, le monde peut s'écrouler, Alex Hesse s'en fiche, il n'est plus là.

Larry et Ned se mettent au travail, assistés d'Alice et de Louise. Ils sont si concentrés qu'ils ne voient pas le temps passer.

Dans le hall, en revanche, les aiguilles de la pendule se traînent. Les contractions d'Angela sont de plus en plus rapprochées, chacune un cataclysme qui la laisse épuisée, pantelante. « Tu enfanteras dans la douleur »… C'était le lot des femmes, autrefois. Ironie du sort, Angela se trouve dans l'une des cliniques les plus modernes et les mieux équipées de San Francisco, et elle souffre autant qu'a dû souffrir Eve pour mettre Caïn au monde. Pas d'analgésiques, pas d'anesthésie, pas même un cachet d'aspirine. Simplement le réconfort d'une autre femme, qui est chercheuse mais pas sage-femme, et plutôt maladroite, comme on le sait.

Avec son mouchoir, Diana essuie la sueur sur le front d'Angela et jette un coup d'œil à sa montre :

– Un peu plus d'une minute.

Elle a mal aux doigts, tellement Angela les a serrés.

– Larry, dépêche-toi ! supplie Angela.

Mais Larry ne peut pas se dépêcher. Pourtant, au bloc, on ne chôme pas. La petite équipe – deux hommes, deux femmes, plus Alex et Junior – est en train de révolutionner l'histoire de la médecine. Le fœtus s'est développé dans un endroit qui n'a pas été conçu pour lui, si l'on peut dire, et il l'a fait en comprimant les organes vitaux d'Alex. La dernière échographie a révélé que ces organes sont mal en point, et risquent même de se nécroser pour certains, d'éclater pour d'autres. Et, au cours des dernières heures, Junior n'a cessé de gigoter et de donner coups de poing et coups de pied dans les viscères d'Alex : il cherche désespérément la sortie. Il va falloir des doigts de fée, un coup de bistouri infaillible, un sens de l'improvisation et un talent fous, plus une bonne dose de chance, pour tirer de là l'enfant en un seul morceau, sans pour autant sacrifier la mère – pardon, le père. Enfin, Alex.

Finalement, juste au moment où Diana est sur le point de craquer et va faire irruption dans la salle d'op, Larry émerge, visiblement épuisé. Il enlève son masque, s'essuie le front.

Pétrifiée, la gorge sèche, le cœur qui bat comme un marteau-piqueur, Diana est au bord de l'évanouissement.

– Larry ?

Il sourit, et sa bonne bouille ronde s'illumine comme l'arbre de Noël du Rockefeller Center le soir du réveillon.

– Cinq kilos deux, et c'est tout le portrait de sa mère. Le père et la fille se portent comme un charme.

Diana pousse un petit cri, des larmes de joie jaillissent de ses yeux, et elle se jette au cou de Larry. Il lui tapote gentiment les omoplates.

– Vous pouvez aller les voir.

Diana pointe l'index vers la pauvre Angela et annonce joyeusement :

– Docteur, je crois que vous avez un autre job sur les bras !

Et elle se rue vers la salle de réanimation pour retrouver son homme et faire la connaissance du petit prodige.

Angela, elle, fait plutôt peine à voir. Une main sur les reins (qui lui font un mal de chien), l'autre sur le ventre (qui ne vaut guère mieux), elle essaie de se lever de la banquette.

– ANGELA !

Larry se précipite. C'est vrai, elle est en plein travail, et même tout à fait mûre. Larry lui masse le dos et lui parle doucement à l'oreille pour la rassurer, tandis qu'elle fait le petit chien, houmf, pouf, houmf, pouf.

– Là, là, tout va bien se passer, dit Larry d'un ton aussi professionnel que possible. Fréquence des contractions ?

– Toutes les minutes, à peu près.

Et justement, quand on parle du loup… Angela saisit la main de Larry et la serre de toutes ses forces. Mais cette fois elle ne crie pas, c'est lui qui étouffe un « ouille ».

Toutes les minutes! Mon Dieu, elle va nous le pondre dans le hall!

– Doucement, respire, respire… Louise! Apportez-moi un fauteuil! Vite!

L'alerte est passée, une minute de répit. Angela se laisse aller contre l'épaule de Larry.

– Mais pourquoi tu n'as rien dit? Je t'aurais envoyé Ned.

– C'est toi que je voulais.

Soudain, Larry a comme une boule dans la gorge. Une telle confiance, ça le bouleverse. Angela était prête à mettre son enfant au monde toute seule plutôt que de faire appel à un autre que lui. Angela, mon tout petit, ma chérie… Mais ce n'est pas le moment de s'attendrir.

Angela est épuisée. Elle est si frêle, si vulnérable. Depuis longtemps la sueur l'a démaquillée, avec son visage à nu elle a l'air d'une petite fille. Ses cheveux sont trempés, de petites mèches lui collent au front et sur les joues, ses yeux immenses sont encore plus grands que d'habitude, agrandis par la douleur et la peur. Larry en a le cœur serré, il donnerait n'importe quoi pour qu'elle souffre moins. Il peut déjà la rassurer, faute de mieux:

– O.K., O.K., je suis là.

Les doigts d'Angela se referment sur les siens, avec une force incroyable chez un si petit bout de bonne femme. Elle lève les yeux vers lui, pathétique:

– Oh, Larry, j'ai mal!

– Courage, ma puce, c'est bientôt fini. (Puis, un peu gêné :) Veux-tu que Louise... prévienne le père ?

Là, Angela a un petit sourire où pointe l'amertume.

– Non, pas la peine. D'ailleurs, je ne sais même pas où il est.

Larry (c'est plus fort que lui, on ne se refait pas) tente une dernière fois sa chance :

– Mais tu es vraiment sûre que...

Angela hausse les épaules, elle a l'air désolée de le décevoir une fois de plus, mais elle est honnête :

– Non, Larry. Et tu le sais très bien.

– Oui, je le sais. (Yeux baissés, voix enrouée.) Mais lui, il est au courant, non ?

Les yeux d'Angela se voilent, elle détourne la tête.

– Ouais. Il m'a envoyé une douzaine de roses avec sa photo dédicacée... (Grimace, une autre contraction.) Une photo de groupe. Je veux dire, une photo d'Aerosmith.

À ce moment-là Louise arrive avec le fauteuil roulant. L'heure n'est plus aux confidences ni aux regrets. Pas le temps d'épiloguer, Larry installe Angela, et presto ! Pas la peine de l'examiner, il sait qu'elle est à point.

– Respire, respire, oui, c'est ça, très bien.

– Péridurale ? demande Louise.

– Non.

– SI ! hurle Angela. J'en ai ras le bol !

Et franchement, elle n'a pas tort. Il est tellement plein, son bol, qu'il va déborder d'une minute à l'autre.

Salle de réanimation. Alex est assis dans son lit, sa nouvelle-née dans les bras. Sur le seuil, Diana s'arrête : cette image, elle veut la graver dans sa tête. Alex a une mine superbe, le stress, l'angoisse, le gris, les soucis ont disparu comme par enchantement. Il lève la tête et lui dédie le plus beau des sourires, trou entre les incisives et tout.

– On a une petite fille ! annonce-t-il, très fier de lui.

Il se pousse un peu pour faire de la place, et Diana s'allonge à côté de lui. Entre eux, une frimousse rose émerge d'une couverture moelleuse.

– Elle est magnifique, n'est-ce pas ? murmure Diana.

C'est vrai. Rien à voir avec le nouveau-né fripé-ridé, gueule de petit vieux à vous en donner des cauchemars et à vous faire douter de l'avenir de la race humaine. Non, ce spécimen-là, avec son duvet blond, son teint de pêche et sa bouche bien dessinée, c'est autre chose. Costaude, en plus. On lui donnerait plus que son âge, vraiment. On jurerait qu'elle a déjà deux ou trois mois d'existence. Bon, c'est vrai, elle a les yeux bleus comme tous ses congénères. Mais pas ce bleu-gris mal fini. C'est un bleu à la fois clair et profond. Et quand elle regarde Diana, on dirait qu'elle va parler. Elle vient à peine de naître, et déjà son regard pétille. Diana fond, littéralement.

– Elle est belle, non ? ronronne Alex.

– Bonjour, mademoiselle, roucoule Diana.

– Tu as vu, elle a tes yeux, précise Alex.

– Mais tes oreilles. Regarde…

– En tout cas, j'espère qu'elle aura tes jambes, dit Alex en soulevant la couverture.

– Pourquoi ? Les tiennes ne sont pas mal non plus !

Diana se penche et embrasse son homme, passionnément. La rejetonne, se sentant rejetée, prise entre deux feux, se met à vagir. Alors Diana, d'une voix très maternelle (elle apprend vite) :

– Là, là, tout doux, mon poussin…

Et Alex, qui ne veut pas être en reste :

– Tout va bien, petite…

Petite quoi ? Alex et Diana se regardent, perplexes. Ils n'ont même pas discuté du prénom. Ce bébé était tellement miraculeux, tellement immatériel. « Miracle de la science »… C'est un peu lourd à porter tout au long d'une vie, non ?

– Et si on l'appelait Junior ?

Ils ont dit ça ensemble. Mais oui, bien sûr, quoi d'autre ? Depuis le début elle s'appelle Junior. Même avant son immaculée conception, quand elle n'était encore qu'un pauvre petit œuf qui se caillait l'ADN dans son tube réfrigéré à l'azote liquide. Junior, le bébé miracle, grâce auquel deux solitaires se sont rencontrés et ont réinventé l'amour. Junior, le chaste fruit congelé d'un avenir torride. Alex et Diana se penchent vers Junior, la huitième merveille du monde. Ils sont heureux.

Angela Arbogast agonise. Cuisses écartées, les pieds dans les étriers, elle pousse, elle souffle, elle fait ce qu'elle peut, elle fait le petit chien mais, de temps en temps, elle ne peut pas s'empêcher de hurler.

– Allez, allez, courage ! On pousse encore une fois…

Le Dr Lawrence Arbogast, vue imprenable sur l'entrecuisse de son ex-femme, l'exhorte à pousser.

– Allez, on y va, ça y est, on pousse, pousse, pousse…

Angela a envie de crier « pouce », mais au lieu de cela elle rugit :

– HOUUUUUUUUUUHHHHHHHHHHHHH !

Une seconde après ce hurlement de pure souffrance, quasiment concomitamment, jaillit un son absolument insupportable pour qui n'a jamais eu d'enfant, mais paradisiaque pour toute jeune maman : OUINNN ! OUINNN !

Et voilà, il est né, le divin enfant. La délivrance ! Angela comprend enfin pourquoi on appelle ça comme ça. Délivrée, elle est. Soulagée. C'est plus houmpf ! mais ouf !

Larry, soulagé lui aussi, sourit d'une oreille à l'autre :

– C'est un garçon, Angela. Un p'tit mec !

En nage, ruisselante de sueur, Angela tend les bras pour accueillir son fils.

– O.K., mon bonhomme...

Larry avance avec précaution, contourne le lit, l'enfant dans les bras.

– Oui, là, voilà, c'est maman...

Il dépose son fardeau sur le ventre d'Angela et s'assied au chevet du lit. Tous deux contemplent le petit têtard, qui gigote à qui mieux mieux. La délivrance, c'est pour lui aussi. Neuf mois d'internement, c'est un peu long, non ?

– Larry, il est beau, non ? Il est magnifique !

Le truc classique. Oubliées, les nausées. Oubliées, les contractions. Neuf mois rayés d'un coup. Angela, comme toutes les femmes, devient amnésique. Seul compte dorénavant ce petit être dans ses bras. L'instinct maternel, un mythe, vraiment ? Tu parles !

– Oui, dit Larry. Et pas con non plus. Tiens, regarde...

Du bout de l'index, il titille la joue de la grenouille.

– Mon petit ange, maman est là... susurre Angela. Oui, c'est maman...

– Et moi c'est... commence Larry.

Mais il est quoi, dans tout ça ? Il regarde Angela, il a l'air d'un personnage de bande dessinée, avec un point d'interrogation au milieu des mirettes. Il n'a jamais oublié les bons moments qu'ils ont passés ensemble, Angela et lui. Ils s'aimaient, à l'époque. Leur amour était tout neuf, ils y croyaient, ils étaient heureux. Angela le regarde, un peu remuée, elle aussi.

– Angela ? On pourrait peut-être se donner une deuxième chance ? Qu'est-ce que t'en penses ?

Angela sourit, timidement.

– Oui, Larry. Ça me plairait bien.

Elle a relevé la tête. Il se penche vers elle et dépose sur ses lèvres un baiser, tout chaste, tout gentil. Un baiser de pure tendresse, un baiser comme on en reçoit peu. Et tous deux, ensemble, ils baissent les yeux. Non par pudeur. Simplement parce que entre eux, il y a ce bébé qu'ils viennent de mettre au monde.

– Oui, dit Larry. C'est ta maman. Et moi, je serai ton papa. Quoi qu'il arrive.

Et voilà, le temps passe, sans qu'on y prenne garde. Alex et Larry sont riches, à présent. Grâce à l'Expectane. Mais, miracle des miracles, ils ont réussi à garder le secret. Dans le baba, les paparazzi. Aux oubliettes, le scoop du siècle.

Alex et Diana se sont mariés. Larry et Angela se sont remariés. Ils ont acheté chacun une belle maison, ils habitent à deux pas les uns des autres. Ils passent même leurs vacances ensemble, et ça se passe bien, c'est vous dire !

Dans les milieux scientifiques, on s'interroge : théoriquement, un mâle doit pouvoir mener une grossesse à terme. Oui, théoriquement. Mais de la théorie à la pratique... Oh, ce ne sont pas les volontaires qui manquent. Il y a même une liste d'attente. Mais la plupart des futurs cobayes sont des transsexuels. À la recherche de leur identité, de leur moi véritable, de leur féminité bafouée.

Quant aux femmes… (il y a de plus en plus de féministes, vous avez remarqué ?)… elles rigolent, elles se gaussent… Montrez-moi un mec capable de supporter neuf mois de grossesse et neuf heures de contractions, et là, d'accord, on le couronne héros du siècle et on lui offre un Wonderbra en prime.

En attendant, Larry et Angela ont résolu l'un de leurs problèmes : leur petit garçon s'appelle Alexander. Mais pour éviter toute confusion avec le Grand Couillon, ils l'ont surnommé Zander, ou Zan, quand ils sont pressés.

Un truc bizarre, quand même, à propos de Zander/Zan : croyez-moi ou non, c'est Larry tout craché. Qui sait ? Peut-être qu'Angela s'est emmêlé les crayons, dans ses calculs ? Peut-être que finalement, Zander/Zan fut conçu ce soir-là, au mariage des Kellman, ce soir où… Enfin, bref, inutile d'insister, on vous l'a déjà racontée, celle-là.

Et puis, qu'importe ? Larry, il a son idée là-dessus. Cette soirée, cette nuit d'amour… Appelez ça fantasme, ou tout ce que vous voudrez. N'empêche, lui il y croit, et ça le rend heureux. Alors le reste, je vous demande un peu…

Junior pousse bien. Elle n'a qu'un an mais on imagine déjà les ravages qu'elle fera plus tard. Elle est grande – les lois de la génétique, ça existe – et costaude, et très sûre d'elle. Elle mène la vie dure à son meilleur et inséparable copain, Zander Arbogast, lequel trottine derrière elle comme un petit chien, totalement subjugué. (Ce n'est qu'un avant-goût de ce qu'ils connaîtront plus tard, mais cela est une autre histoire...)

Pour l'heure, les deux bambins font des pâtés sur la plage de sable blanc, tandis que leurs parents, installés dans des chaises longues, devisent gaiement tout en surveillant du coin de l'œil leur progéniture. Comme d'habitude, Junior a monopolisé seaux, pelles, ballons et autres accessoires. Zan pleurniche mais la couve des yeux, à la fois admiratif et frustré.

– Junior, intervient Diana, resplendissante dans son maillot une-pièce qui moule un bedon rebondi, dans lequel se prélasse le petit frère ou la petite sœur de Junior, je t'ai déjà dit qu'il fallait partager !

– Arrêtez de vous disputer, vous deux, renchérit Angela.

Mais déjà les deux petits sont réconciliés, ils sont en grande conversation, dans une langue compréhensible d'eux seuls, constituée exclusivement d'onomatopées.

Alex sourit, étire ses longues jambes et présente son visage au soleil, image même de l'homme qui a tout pour être heureux et qui l'est.

– Écoutez-les, dit-il. Ils ne vont pas tarder à parler.

– Je te parie cinquante dollars que c'est Zan qui parlera le premier, déclare Larry.

Pari fort imprudent : il est facile de prévoir que dans la vie, Junior aura toujours le dernier mot. Il est donc logique qu'elle s'entraîne en ayant le premier.

Zan a fini par s'énerver et il a piqué la pelle de sa petite copine. Junior, furieuse, se tourne vers les transats et hurle ce qui est, indéniablement, un mot de deux syllabes :

– Maman !

Avec un parfait synchronisme, Alex et Diana se penchent et répondent :

– Oui ?

Quand même, il va bien falloir un jour qu'ils perdent cette habitude !

3876

R.I.D. Composition 91400 Gometz-la-Ville
Achevé d'imprimer en Europe (France)
par Brodard et Taupin à La Flèche (Sarthe)
le 8 novembre 1994. 6321 K-5
Dépôt légal nov. 1994. ISBN 2-277-23876-7
Éditions J'ai lu
27, rue Cassette, 75006 Paris
Diffusion France et étranger : Flammarion